The hometown

故里身乡的体

in the body

印子君 著

四川文艺出版社

图书在版编目（CIP）数据

身体里的故乡 / 印子君著. — 2版. — 成都：四
川文艺出版社，2019.4
ISBN 978-7-5411-5363-1

Ⅰ.①身… Ⅱ.①印… Ⅲ.①诗集—中国—当代
Ⅳ.①I227

中国版本图书馆CIP数据核字（2019）第049650号

SHENTILI DE GUXIANG
身体里的故乡

印子君　著

策　　划　最近文化
责任编辑　程　川　周　轶
封面设计　王　玉
内文设计　张　钰
责任校对　段　敏

出版发行　四川文艺出版社（成都市槐树街2号）
网　　址　www.scwys.com
电　　话　028-86259285（发行部）　028-86259303（编辑部）
传　　真　028-86259306

邮购地址　成都市槐树街2号四川文艺出版社邮购部　610031
印　　刷　三河市华东印刷有限公司
成品尺寸　140mm×210mm　　　开　　本　32开
印　　张　9.75　　　　　　　　字　　数　200千
版　　次　2019年4月第二版　　印　　次　2020年4月第二次印刷
书　　号　ISBN 978-7-5411-5363-1
定　　价　48.00元

印子君，蒙古裔，1967年7月生于四川富顺。成都文学院签约作家。诗作见诸《诗刊》《星星》《诗潮》《诗歌月刊》《北京文学》《四川文学》等文学期刊，入选《中国年度最佳诗歌》《中国年度诗歌精选》《中国诗歌排行榜》《中国·星星50年诗选》等数十种选本。多次获奖。出版诗集《灵魂空间》《夜色复调》《身体里的故乡》。曾受邀参加西昌邛海国际诗歌周。现居成都龙泉驿。

诗歌是诗人回家的捷径

——序印子君诗集《身体里的故乡》

吉狄马加

为了工作，为了生存，许多人都离乡背井。印子君也不例外。

20世纪90年代初，在我国改革开放过程中，曾出现规模空前的南下和北上打工潮，其中从外地到北京的务工者被称为"北漂族"。印子君便是"北漂"中的一员。约略记得1997年深秋，川南富顺一老作家到京造访，陪同前来的一小伙，正是印子君。于是知道印子君是四川富顺人，其时，他在北京亚运村一家餐馆打工，负责后勤采购工作。每天，印子君骑着三轮车不断往返于餐馆和菜市场之间，工作之余坚持读书写作，常有诗歌作品在报刊发表。因为这个缘故，当时北京不少媒体对他进行了大量报道，一时间成了引人注目的"民工诗人"或"打工诗人"。印子君上街或到菜市场买菜，许多并不认识的当地居民都主动向他打招呼，投来钦羡的目光。

印子君的务工之处离我家不远，周末或假期，他常带着自己的一些习作登门求教，其真诚和执着，令人感动。同为四川人，对这位从千里之外来京打拼的家乡诗友，我能深深地体会到文学创作对于他的重要意义，且不说是他整个的精神生活，至少占据着他精神世界的重要分量。所以，对印子君的诗作，在坦诚表达我的看法时，也特别对其作品中的亮点给予肯定和鼓励，甚至也对其中进步明显、颇值得称许的部分作品，向相关刊物推荐过。印子君因此备受鼓舞，创作更加勤奋，作品质量不断提升。那时，印子君所在餐馆员工的宿舍，是租住的地下室底层，从地面下去直线深度至少有六七米，夏天特别潮湿，我曾去过他住的那间堆满书籍的小小房间。也因为媒体的报道，他房间简易的书桌、桌上的稿笺和台灯、床头的一摞摞书刊，以及他骑的那辆破旧的三轮车，一一暴露在聚光灯下，被更多人所知晓。从印子君的朴实、腼腆和带着自贡口音的四川话中，我分明感受到一个诗人面对严峻生存时透出的坚韧和在追寻人生理想过程中表现出的坚毅。

后来由于餐馆经营不景气，印子君想换一个工作，我曾把他介绍到熟人的文化公司。大概离家太久，比较惦念家人，1999年夏天，在京待了5年的印子君决定回四川。后来，在文友的帮助下，他选择了离家相对较近的成都，在相关媒体上班，一直到现在。

2002年初，印子君家乡富顺县作家协会，为他这位"打工诗人"举办了一个作品研讨会，我特意发去贺电。据说印子君的富顺籍老乡、著名诗评家朱先树先生专门写了评论，而同为富顺籍老乡的著名诗人、首届鲁迅文学奖获得者张新泉先生，在会上作了主题发言。我想，作为一个来自基层、长年在外的"漂泊者"，因为诗歌，能获得家乡的如此关心、文友的如此关爱和社会的如此关注，无疑是对其作品和人品的高度肯定，也给予了他奋斗的信心和前行的力量。事实的确如此，这么多年来，印子君在解决了生存问题、工作基本稳定的情况下，其诗歌创作从未停歇。所不同的是，随着年岁的增长，印子君的创作已不是以追求发表为目的，更多时候体现为一种自然而然的情感表达的需要，让阅读和写作成为一种自然之需和生活方式，所以他不少诗歌写出后，往往只在朋友圈交流。尽管每个人的认识和选择有差别，但我觉得印子君的这种"转变"是个人在认识和理解上的突破或跨越，这有助于在创作中进入一种"自在"状态，从而实现诗意的栖居。

印子君这部即将出版的诗集《身体里的故乡》，是他近二十年的诗歌作品选，清晰地反映出一个诗人的创作脉络、诗歌印迹和心路历程。无论在题材的拓展、风格的探索还是诗意的挖掘上，印子君都做出了可贵的努力和尝试，视野更加开阔、表达更加从容、把握更加准确、意蕴更加深邃、诗艺愈发纯熟，显示出自己的才华和实力，让人欣慰。

一个生活在异地他乡的人，"回望家园"已成为一种必然，因而"回家"也成为无时无刻不在的心念。而真正踏上回家之路时，我们才发觉已无法回到曾经的家了。曾经的家园，只存在于我们遥远的记忆中，尽管变得越来越模糊，还是被我们一次次翻检出来，反复打量。当此之时，作为诗人，诗歌已成为他的精神故乡，诗歌写作已成为他"回家"的最佳方式，并且是一条最佳捷径。

印子君居住成都快二十年了，这座诗歌之城显然已成为他的第二故乡。其诗集取名《身体里的故乡》，这里的"身体"应是指"精神体魄"，这里的"故乡"则是心灵归依之所，它留驻在"精神"中。因此，《身体里的故乡》当是积淀着诗人印子君深厚情感、容纳着诗人印子君炽烈情怀的一部精神之旅的"还乡之书"。

是为序。

2018年6月28日于北京

（吉狄马加：中国作家协会副主席、书记处书记，国际著名诗人）

目　录

/ 第一辑 / 锦　瑟

四　川 …… 003

成　都 …… 005

石经寺遇雪 …… 006

我是一场雪下在成都 …… 007

多明戈在成都 …… 008

青城曲（组诗）…… 010

成都搜索（组诗）…… 015

黄龙溪 …… 027

回龙溪 …… 029

平乐古镇 …… 030

龙泉驿 …… 032

我在龙泉山等你 …… 034

成都东大路 …… 035

春天是一列火车 …… 036

037 ····· 桃花缘（组诗）

042 ····· 桃花三弄

044 ····· 我在成都写诗

/ 第二辑 /　琴　瑟

049 ····· 亲爱的夜色（组诗）

056 ····· 古典音乐（组诗）

066 ····· 凡·高的麦田（组诗）

071 ····· 穿越钢琴（组诗）

077 ····· 身体节奏（组诗）

088 ····· 秋风外传（组诗）

094 ····· 秋风十八拍（组诗）

105 ····· 时　代

106 ····· 镜

108 ····· 教　堂

109 ····· 图书馆

110 ····· 大　地

111 ····· 银　杏

112 ····· 爬山小记

叶子上的秋天 …… 113

白　夜 …… 114

风在坏 …… 116

薄　暮 …… 118

去西安 …… 119

兄　弟 …… 121

雪　愿 …… 123

吉狄马加回故乡 …… 125

送吾师张新泉乘地铁 …… 127

籍　贯 …… 129

仿佛去过大海 …… 131

一剪梅 …… 133

/ 第三辑 /　心　瑟

祖母在身边（组诗）…… 137

父亲啊父亲（组诗）…… 143

母　亲 …… 161

闻余光中离世 …… 162

送别伍松乔先生 …… 163

165 …… 缅　怀（组诗）

169 …… 示　儿

170 …… 去通济

171 …… 青花瓷

173 …… 死　亡

174 …… 墓志铭

176 …… 写给百年后的恋人

/ 第四辑 /　　目　瑟

181 …… 我从唐朝来看你

183 …… 今夜，我带你去丹麦

185 …… 我十指兰香

186 …… 妻　子

187 …… 北京的朋友

189 …… 好女人

190 …… 疯　子

191 …… 原　色

192 …… 舞　者

194 …… 早　晨

一个人的情人节 ······ 196

我追赶自己 ······ 197

我一言不发 ······ 199

雪 ······ 200

小　黑 ······ 201

打开印子君（组诗）······ 203

未　雪 ······ 209

发红包 ······ 211

好　茶 ······ 213

祭　茶 ······ 214

色　戒 ······ 215

九寨沟 ······ 216

富　顺 ······ 217

山海关 ······ 218

苹果香 ······ 219

因为有你 ······ 220

不要随便歌唱月亮 ······ 222

看一张合影 ······ 224

敲　钟 ······ 225

送李白 ······ 227

大地苍茫（组诗）······ 229

/ 第五辑 /　　年　瑟

239 ····· 玻　璃

241 ····· 钟

243 ····· 深　夜

245 ····· 丰　收

247 ····· 存在主义

248 ····· 命中的羊

250 ····· 亚运村

252 ····· 地下室

255 ····· 早晨的麻雀

256 ····· 水龙头

258 ····· 乡下妹子

260 ····· 高粱秆

262 ····· 苞谷秆

264 ····· 盲人按摩

265 ····· 酒　神

270 ····· 邛海十八屏（组诗）

288 ····· 诗歌，不能远离真实

/ 第一辑 /

锦 瑟

四　川

把你举起来，高高举过头顶，你就是一只巨大的酒杯
盛满唐宋的月光。当洒在地上，必定有一滴叫李白
有一滴叫苏轼。他们散发出恒久的才气，浓烈的酒气
李白站在川北的山崖，站成一条陡峭而摩天的蜀道
那些折断的腿脚，松枝般插满山腰；苏轼坐在川南的
　　江边
坐成一叶双橹交叉的轻舟，在波上荡漾，飘进落日的
　　眼睛

把你扶起来，轻轻扶上座椅，你就是一位慈祥的母亲
牵挂着一群儿女。当跨出房门，近前是长女成都
远处是长子重庆。矗立巴山的雄浑，流淌蜀水的温情
成都埋着头，挑着灯，不停挥舞双臂，在丝绸上
刺山川的清幽，绣日辉与月晕；重庆挺着胸，扛着担
飞快迈动脚步，在峰峦间踏出一朵朵云影一粒粒星辰

把你隆起来，缓缓靠向西面，你就是一名巍峨的父亲
身披霜衣和雪褂。当阳光倾泻，阿坝就是你的左肩
甘孜就是你的右肩。身后的若尔盖，就是为你缝制的

一张

从不漏风的碧毯；九寨沟收藏着五百卷叠瀑、五百箱
　海子

贡嘎山伸出长长的剪刀，经年裁剪一套套洁白的头巾

跑马溜溜的山上，一种叫康定的情歌正长得叶茂枝繁

把你铺起来，慢慢铺往四周，你就是一个宽阔的澡盆

我正端坐盆中，双手放膝，屏息凝神，聆听滔滔千年

汹涌而来，将我瞬息淹没，彻底冲洗。洗成一页薄薄
　宣纸

画幅水墨青城；洗成一管细细洞箫，吹奏邛海夜色峨
　眉胜景

洗成一枚小小的针，让我把长江这根长长的线穿起

在中国这件被风刮开的衣襟上，缀一颗叫印子君的纽
　扣

2014年10月18日 于龙泉驿

成　都

这个早晨，我坐在桌前
用正楷，把你书写了三遍
第一遍，我成为你的一点
第二遍，我还是成为你的一点
第三遍，我仍然成为你的一点
对于你，这一点，很小
但并不是可有可无
能成为一横能成为一竖
让你有一副端庄的面孔
当然是我所希望的
但突然想到
杜甫也只是你的一点
巴金也只是你的一点
我先是吃惊，后是羞愧
那么，就让我这小小的一点
白天是一只飞翔在你楼顶的鸽子
夜晚是一盏悬挂在你天空的月亮

2016年5月25日清晨于龙泉驿

石经寺遇雪

龙泉山把一座古寺
藏得这么深，也被雪
找到了。我跨进大院
看见满地的白，才相信
雪早已皈依佛门
这些云游四海的行脚僧
总是在冬天带回福音
无处下脚的我，刚抬头
一朵雪花，从高高的屋顶
跳下来，直接扑进我怀里
很显然，不是我招人喜欢
是他投错了庙
在神面前，我必须承认
自己六根不净

2016年1月26日于龙泉驿

我是一场雪下在成都

在成都十九年

每一年我都会遇见很多人

司马相如见过了

扬雄见过了

但还没遇见你

杜甫也见过了

薛涛也见过了

但还没遇见你

在成都十九年

我一直为我们的相遇做准备

暖也暖过了

热也热过了

现在我只需要冷

只需要风吹刮

我只有变成一场雪

下在成都的深夜

下得又小又轻

让安静，把你惊醒

2018年1月29日 于龙泉驿

多明戈在成都

当把一座城市搭建成一个舞台
你成了一场姗姗来迟的暴雨
你的歌声是盆地夜空
炸响的惊雷，你手中挥舞着
万丈闪电，所有期待的眼睛
被照得雪亮
风暴在两米之外，在台下反复掀起
一浪压过一浪
撞开了每一颗封闭的心
普拉西多·多明戈，今夜
你不属于西班牙，不属于西半球
你只属于东亚大陆，只属于中国西部
你倾泻而下的歌声冲洗着整座锦官城
你第一次目睹一种疯狂
它可以淹没你熟悉的斗牛场
我看见，这片平坦的大地
在你的歌声中突然隆起
每个人踏着那高高的音阶
登上了风光无限的峰顶

普拉西多·多明戈，今夜

你的每一首歌曲都是一座山丘

你的每一个表情都是一帧风景

2009年10月30日于龙泉驿

青城曲（组诗）

一棵松树与一只松鼠

一棵松树与一只松鼠正在对视，在这深山的腰上
它们像两个，不期而遇的反义词，从词根处
放弃咳嗽和喘息
彼此否决，又相互比喻
而林间始终没飘落一片声音，未掉下一滴眼神
地上堆积着
厚厚的寂静

一条路与一个人

一条路与一个人谁比谁，走得更累
走得更陡峭，也更幽深
群鸟踩踏枝梢
有哪一只
看见了蓝天展翅，并悄悄将白云
梳理

有哪一只
看见了自己的飞翔，比啼鸣
更轻
树皮是一张日益粗糙的脸
它紧裹着树身，同时紧裹着一座山的
魂魄

一线天与一绺地

一线天与一绺地是两股绳，你愿不愿意伸出
早晨和黄昏这两只手，一段一段地
把它们搓紧，又搓成一股更粗更大更长的
绳索
抛向这令人心跳的山崖
这头，就把它牢牢拴在山顶的那棵古柏上
那头，就把它留给尘世伸过来的双臂
而那一遍遍响过的钟声一遍遍响过的鼓声，是不是两
　　股
被谁一段段解开的
绳子

一场雨与一把伞

一场雨与一把伞邂逅，是不是这条山道的预谋
穿过密林和浓雾的山道可不可能，在一朵花的眼里
打一个死结，让一场雨与一把伞背道而驰？
一场雨没在树的枝叶上留下更大的声响
却在一把伞上吵得沸沸扬扬
伞的耳朵，灌满了雨声
灌满了一个季节的躁动和喧腾
如果伞突然收起来，雨的叫嚷
会直接扎进泥土，隐入深处的黑暗
当伞高举起一根根肋骨，雨的跳跃总是动魄惊心
雨打湿伞之前，首先打湿了自己
而深山，深藏着玄机
这和一场雨与一把伞的邂逅无关
甚至也与我和你无关

一截树桩与一粒石子

一截树桩与一粒石子紧挨着，旁边伸着几茎绿草
树桩企图将石子踢开，可腿脚深陷于泥土抬不起来
石子企图进入树桩，可找不着门洞
一截树桩与一粒石子就始终这么紧挨着

两只蝴蝶飞过来，在上面停了片刻，又飞走了

后来树桩腐烂了

后来石子风化了

它们旁边伸着几茎枯草

酷似山的神经

一道山门与一级石梯

一道山门与一级石梯的缘分，是一个秘密

是一种彼此都不曾意识到

又在时时刻刻守护着的冷

山门打开时，总发出低沉的喉音

但谁也无法听懂木头

香客进出时，脚步踏光了石梯

可谁也不能明白石头

当山门紧闭，石梯躺在院外

依旧延续沉默，直到某个深夜

一场风暴骤至

这段木头与石头的情缘

才被哗哗啦啦的檐雨

说穿

一堵墙与一口井

一堵墙与一口井相互包围，当墙围住了
一口井，井就成了
墙内一只幽深的眼睛
注视山中岁月
打量过眼烟云
当井成为墙，墙内的水面
荡起一层又一层涟漪
漂满大大小小的浮莲
每一片莲叶上端坐着
一张脸
当墙成为井
井又成为墙
墙和井不断
彼此包围下去
就像循环往复的太极

2008年3月14日至4月30日于龙泉驿

成都搜索（组诗）

九眼桥

这个冬天
每一只眼都很干枯
每一只眼都很空洞
河床露出的浅滩
是水流走后
留下的伤疤
一群白鹭贴着黄昏
低低地飞动
没有人知道
它是下的第几场雪

2010年1月15日于龙泉驿

琴台路

这段路，变得
越来越宽阔

越来越气派

但从头走到尾

也看不见台子

即便有琴声传出

也是仿古的女子在弹奏

如果司马相如回来

她们没有一个够格

做卓文君的替身

2010年1月15日于龙泉驿

火车北站

许多人从这里进来

许多人从这里出去

这座城市的北大门

始终敞开着

我来这里

只想看看火车

看看这些巨大的胃囊

是如何把人消化的

是如何把人排泄的

伫立在站前的广场上
我像一颗钉子
却无法把长长的人流固定

2010年1月15日于龙泉驿

双林路

闯荡成都，我第一脚就踏在双林路
那是炎夏的正午，这条路收留了我

如果成都是一只袋子
双林路就是它的一条拉链

那时，我每天骑着破旧的自行车
野兔一样在这条路上穿来穿去

当拽紧链扣，我终于把双林路撕开
找到了进入成都的小小缝口

现在我被装在成都这只袋子里

已是一块磨得失去棱角的石头

2010年1月19日 于龙泉驿

簸箕巷

城市这位巨人，他一边奔跑
一边脱掉穿旧了的袜子

每一条袜子，就是一条巷子
而簸箕巷是最不起眼的一条

在这条土得掉渣的巷子对面
住着一位名声响亮的朋友

每次去他家，我都把簸箕巷
穿在脚上，再一步一步登上六楼

和朋友聊天时，我常常走神
老担心放在门外的簸箕巷被别人穿走了

2010年1月21日 于龙泉驿

合江亭

站在风雨中
它就像一位智慧老人
把一切看得清清楚楚

两条素不相识的河
在这里邂逅
都选择了同流合污

2010年1月15日于龙泉驿

杜甫草堂

如果这园子空无一人，如果园子里
看不见亭台楼阁和小桥流水
看不见深院长廊和花草树木
看不见老夫子的雕像和诗碑
看不见历代文人凭吊的墨迹
甚至看不见低矮的茅草屋
看不见搭建的竹篱笆
看不见弯曲的泥土路
只剩下唐朝的秋风在这里盘旋

在这里一遍一遍荒凉地吹
我想知道，谁还会站在这里
眺望那个像茅草一样飘逝的背影

2010年1月22日于成都

武侯祠

我跨进大门，匆匆溜了一圈就出来了
走在外面的大街上，默想着
刚刚拜谒过的诸葛丞相
感觉步子渐渐有些沉重
我想，一定是那位羽扇纶巾的老人
走进了我的心里——
神机妙算，指挥过千军万马的蜀汉军师
绝没有料到，他已走了一千多年
却难得片刻宁静，而孤独寂寞的我
正好可以让他在体内安寝……

2010年1月26日于龙泉驿

大慈寺

十年前常去大慈寺喝茶
每次进门，我们都说去找肖平
于是每次都免去了门票费
那时肖平在寺里上班
我们只是跟他认识并无深交
但每次报上他的名字总是奏效
因此去大慈寺喝茶很开心
总感觉在享受特殊待遇
后来大慈寺恢复了香火票价也涨了
最关键的是肖平也调走了
所以我们很少去那里了
那么长时间，肖平并不知道
他在义务充当一帮人的门票

2010年2月3日凌晨于龙泉驿

北门大桥

桥上车流与桥下车流不断交错而过
编织着一张巨大的看不见的网，随着夜幕
悄悄撒开，被车辆拖住，铺向四面八方

021

而跪着的老乞丐，眼角淌出最后一滴
黄昏后，便用长伏地面的姿势
告诉所有路人，这座桥身的体温和硬度
几个卖花姑娘，从桥南的北大街，追到
桥北的解放路，她们举在手里的玫瑰
让一对对飘动的情侣，风干了残留的水分
府河躺在桥的怀中，衣冠不整，心事重重
越来越纤细瘦弱。站立桥头，我哈着冷气
成为这个冬天熄掉的最后一根灯柱

2005年4月2日夜于成都

百花潭

这是一个多么安静的名字
潭水清清，漂满花瓣
一个人坐在岸边，看自己的
影子，慢慢沉入水底
又一点一点漾起，成为细细的波纹
大把的柳丝漫不经心
从头顶悄然垂落
又被风轻轻吹拂……
这是一个多么安静的名字

路过那里，我却心神不宁
因为我要去见的网友
名叫石子
就住在它附近

2010年3月31日于龙泉驿

大石西路

那时我住在城东
去大石西路上班
要走二十公里

这个路程，我骑车
天天跑
跑了整整一年

当感觉太累
我就把大石西路
想象成一位美女
这样就缓解了劳顿

似乎，一个大男人

每天跑得气喘吁吁
就是为了一次艳遇

2011年3月4日于龙泉驿

红星路

红星路分为四段
北边连着红星桥
南边连着新南门桥
我在红星路住了五年
一段四年
二段一年
在一段，我没有成为街边的树
在二段，我没有成为路上的灯

本来，打算在红星路一直住下去
从一段一直住到四段
说不定有机会，成为候车的站台
但转念一想，即便从头住到尾
我的段位还是太低，成不了棋手

最关键，虽然有桥

可现在的桥洞都是方的
这注定了我要离开红星路
并且选择了东大路搬走

如果桥洞是弧形
我只要跨过北端和南端
南北合在一起
就圆满了

2011年12月9日于龙泉驿

宽窄巷子

从宽巷子走出来
你是我的妻

从窄巷子走出来
你是我的妾

宽巷子是鞘
妻是握在手里的刀

窄巷子是鞘

妾是悬在腰上的剑

都江堰的水从良了
再去无兴味

抚琴放歌纵酒
只宜于巷里白夜

成都时光太慢
我已忘了是李冰

2018年8月5日于龙泉驿

黄龙溪

每一条街巷都是河床
每一个脚印都是波浪

游客是古镇流淌的溪水
溪水是古镇忠实的游客

古榕站在江边垂钓
成了最长寿的渔翁

古井藏在寺里修炼
成了最幽深的眼睛

啼鸣拎着遛鸟人行走
整天的悠闲沉入茶杯

天色斜躺在一把竹椅上
被掏耳者轻松掏掉云朵

黄龙这位杰出的工匠

用涛声绣织两岸蜀锦……

2011年11月27日于龙泉驿

回龙溪

像树木一样回去，像花草一样
回去，像廊桥、亭台，甚至
像蘑菇、苔藓、地衣一样回去

回到龙泉山深处，回到
古驿道客栈，就回到了父亲的
脚窝，就回到了母亲的心坎

云朵落入深潭，蛙声注满古井
谁抱着天高地阔的风声，紧一阵
慢一阵，回到麻条石的隐秘

所有的回，都回到回龙湾
回到一条溪的浅唱低吟，令背弃
回心转意，让爱怜细水长流

2018年6月18日

平乐古镇

太阳下，平乐古镇是一张摊开的
厚厚的牛皮纸。每一条街道都是一篇文言文
铁匠铺溅出的火星，是打在纸上的标点
每一道桥，每一个码头，都是一方镇纸
压着古镇这张大纸不让风吹皱，不让风吹走
散步的游客，在纸上走成了一个个行楷
马车和观光车是行草，奔跑的轿车则是
一行行狂草了。而无论何种字体，也写不尽
古镇的古朴和沧桑。白沫江穿镇而过
如今的白沫是江面上一群嘎嘎欢叫的白鸭子
江边的十三棵古榕树，就是十三位
活在这镇子上的最长寿的老人——
他们的岁月伸展为巨大的浓荫
他们的眼神幽深为身旁的老井
他们的感悟堆积为脚下的落叶
太阳下，江水坦然露出自己的清澈和心底
它滔滔不绝的讲述始终深入浅出
而保留下来的几家四合院，成为古镇珍藏的
几本开合自如的线装书，无遮无拦的阳光

正晒去册页上的潮湿和霉斑……

2006年12月31日于贵阳旅舍

龙泉驿

我不知道，多少条路可以
走完我的一生。但是龙泉驿
横在面前，成了我必须踏上的
一条道，且是条古老的驿道

无论后退还是前行，我的足迹
都不能抵挡岁月的风尘
远方的身影，在驿道上，最终
被风吹散，成为记忆的沙粒

我不知道，我的名字，能否含在
你的眼里。龙泉驿，你最小的溪流
也会流尽我身体里的血液；你最细的
桃枝，也会抽碎我的骨头

对于你，我注定不能，打马穿行
但我的步幅，丈量不出你的长和宽
你的长，成了我的远，远不可及
你的宽，成了我的深，深不可测

锦城八年，我未曾换骨脱胎
这粒盐的儿子，拒斥溶解、稀释
抱守着坚硬的涩，孤绝的咸
他以煎熬的方式保全结晶

出了东门，经净居寺，过沙河堡
大面铺伸手，握住一介落魄书生
他满脸秋色，却不为赴京应试
仅作借道还乡，但了无衣锦

即便，翻越了最陡的坡，龙泉驿
我也站不上你的山头。当遍野合唱
我却听见驿马河在血管里倒淌
石经寺在大脑中传出梵音

龙泉驿，不知道，我是你第几名过客
但我的来去，将使你，与众不同
而你的花瓣，留不下我的表情
而你的果核，留不下我的盐分

2009年1月14日至15日于龙泉驿

我在龙泉山等你

不是一片叶等另一片叶
不是一棵树等另一棵树
不是一阵风等另一阵风
不是一场雨等另一场雨

我在龙泉山等你

只是一个印子君
等另一个印子君
只是一捧灰烬
等另一捧灰烬

2017年7月31日改定于龙泉驿

成都东大路

这是过去从成都到重庆的

必经之路，也叫古驿道

但我更愿意把它看作一根

弯弯曲曲的肠子

把成都和重庆连接在一起

成都是一只胃

重庆也是一只胃

多少年来，我始终

停留在两只胃之间

徘徊于龙泉驿至南津驿段

成了一块无法消化

也无法排出的

结石

2017年7月31日于富顺

春天是一列火车

春天是一列长长的火车

奔驰在一望无垠的大地

每节车厢都挤满一朵朵笑脸

每节车厢都铺满一瓣瓣笑声

春天是一列长长的火车

一路追赶着花香鸟语

每到一个地方都要停留

每次停留都要走下一群乘客

春天是一列长长的火车

每节车厢都装着我的亲人

现在已抵达成都龙泉驿

这是一个最温馨的站台

第一节车厢正走出大表妹桃花

第六节车厢正走出二表妹梨花

第八节车厢正走出三表妹海棠

最后一节，走出了妻子玉兰

她小心翼翼，从车上扶下

我的母亲杜鹃

2012年3月21日 于龙泉驿

桃花缘（组诗）

每一朵桃花都认得我

在龙泉山，正低头赶路
却听见后面有人喊我
当停下脚步，只有风声
从耳畔轻轻掠过
我继续赶路，继续低着头，踏着
龙泉山的上半身，从肩膀
走到胸脯，再走到肚脐
阳光哗哗流淌下来
冲洗着地面斑驳的影子
此刻，我已走在龙泉山的大腿上
刚被三株雏菊碰了一下
又听见后面有人喊我
我终于忍不住回转身
竟看见十万亩桃花羞红着脸
每一朵都在抿嘴微笑
我被惊呆了，完全没有想到
还能相遇这群怀春少女，她们对我

如此在意，又如此不合时宜
这是命运打开了第三道门
因为她们，即使
李花和梨花开成白银
油菜花开成黄金
已不再让我动心

2018年3月25日于龙泉驿

让今生接受桃花祝福

你从简阳赶来看我
请选择春天
只有春天，是我们
同时喜欢豪饮的美酒
可以肆无忌惮碰杯
没有被春天醉过
不能叫男人

你从简阳赶来看我
不要穿行隧道
一定要翻越龙泉山
只有盘山路上
才有夹道的桃花为你摸顶

接受过桃花祝福

今生就没有虚度

2018年3月17日于龙泉驿

桃花不是美丽谎言

中年遭遇倒春寒

我的爱，患上流感

变得头重脚轻

我并不急于求医问药

都说感冒能提升免疫力

那就顺其自然

为爱流涕为爱咳嗽

为爱鼻塞为爱耳鸣

为爱头疼为爱发烧

尽管我深陷病中

依旧能笑傲春风

你们看见的桃花

不是美丽谎言

是我的心

彻底打开蕊瓣

2018年3月16日于龙泉驿

我用十万亩桃花想你

春风一寸一寸地吹
桃花一朵一朵地绽
我栽下十万株桃树
才能把你梦见

十万株桃树同一个梦
梦见你是一盏灯
十万株桃树同一个梦
梦见你是一面镜

我用十万亩桃花想你
每一亩想念只开成粉红
我用十万亩桃花等你
每一亩等待都不轻不重

2015年11月于龙泉驿

梦见桃花

在梦里，我看见的桃花
都敛起了笑容

她们挤在枝干上

不声不响，一动不动

当我轻轻靠过去

小心得像一只瓢虫

她们却突然从树上跳下来

跌碎在泥土中

2006年5月20日于成都

桃花三弄

疾走的桃花消失在回家的路上
黄昏翻过山梁，压低了树影和乌鸦的飞行
月亮细成一片金指甲
掐住刚刚露出眉梢的月份
我的爱人，迎着晚风，矜持得像一把桃木梳
但她无法掩饰处女座一样忧郁的眼睛

疾走的桃花消失在回家的路上
我苦命的姐姐，拒绝做粉色女人
她在揭穿这流言蜚语编织的尘世的轻薄
她背负的黑锅，就是她头顶的天空，垂挂着铅云
她活得像干涸的河床，交出了最后一片波光
和最后一滴清水，也交出了年年汹涌在春天的桃汛

疾走的桃花消失在回家的路上
骑着瘦马，我成为古道以西，立在天涯的断肠人
道旁的野草年年疯长，长出铭心刻骨的荒凉
流萤提着小灯笼，穿过蟋蟀们演奏的凄切的超低音
母亲的遗言像雪片，自桃园深处飘来

一点点掠过脑际，又结成薄薄的冰

2006年5月25日初稿，6月6日改定，于成都

我在成都写诗

成都是一棵古树
树上长出很多枝条
我住在龙泉驿
这是一根越长越长
伸向东边的树枝

枝上年年开花结果
但我不是开出的花
也不是结出的果
只是穴居这里的
土著

枝杈间，筑有一个巢
那是我建的微信群
那些飞来飞去的麻雀
是群里发出的信息
树顶突然升起彩虹
那是我正在刷屏
浓荫处，不时传来

叽叽喳喳

肯定是有人在吐槽

如果吵得太刺耳

还有翅膀上下扑腾

就会有家伙举着长竹竿

跑过来吆喝

他只要一伸手

把巢捅掉

我苦心经营的群

立马被删除

每一片树叶

都是我吟出的绝句

每到秋天

我总是群发在风中

当看见你泪流满面

我才相信飘落

是一种不经意的痛

只有你知道

枝上爬来爬去的我

是一只古老的蚂蚁

2018年8月7日初稿，8月8日二稿，8月28日改定，于龙泉驿

/ 第二辑 /

琴 瑟

亲爱的夜色（组诗）

我眼里的夜色被你叫醒

我眼里的夜色被你叫醒，我眼里的夜色

只有两滴，两滴黑得发亮、黑得透明的夜色

它们在晚上，被我小心关在眼里。它们在我眼里睡觉

在早上，又被你一滴一滴叫醒。是的，它们常常

并不同时醒来。有时，先醒左边一滴；有时，先醒右
　边一滴

这两滴夜色，是两个快活的孩子。每次打开眼睛，它
　们都兴奋得

要飞起来。但从不七嘴八舌，乖乖守护着各自眼里的
　一枚白玉

它们实在有话憋不住了，就一颗颗、一行行写在我脸
　上

2004年5月22日于成都

丝质的风吹散美丽的夜色

丝质的风吹散美丽的夜色。我吹散你
你是我的佳人，你是我凝在情弦上的颤音。我是你的
　心病
我是你心尖尖上拔不掉的根，不断交错不断延伸的根
我吹散你：以我的眼神吹散你的眼影，以我的梦呓
吹散你的梦境。就像丝质的风吹散了美丽的夜色
就像夜色出其不意吹散了它内心的游魂。就像一头白
　发
吹散了一头黑发。就像你一不小心吹散了自己的秘密
而我不是你的夜色，也不是你的游魂，更不是你丝质
　的风

2004年5月22日于成都

如果夜色突然喊出我的小名

如果夜色突然喊出我的小名，那我不再仅仅觉得
夜色离我很近，显然，夜色还跟我很亲；甚至认为，
　夜色就是
我的亲人——它甚至亲如我的母亲。哦，我母亲般的
夜色，你总在黄昏之后张开你宽阔的怀抱，将我轻轻

笼罩

我长着一副像你一样的面孔：我为你眨动着两颗潮湿

　　的星星

我蓄着一头像你一样的黑发：我为你飞扬起一片斑斓

　　的月影

你抱吧，宁静的夜色；你抱我，直到你抱痛我宁静的

　　心

你喊吧，亲爱的夜色；你喊我，直到你把你喊成我亲

　　爱的母亲

2004年5月29日于成都

不一样的夜色不一样的心情

不一样的夜色不一样的心情，但这并不能说

我和夜色拥有同一颗心。夜色的心太大，太模糊

它不适合我的胸怀。我没有夜色般的胸怀，我不如夜

　　色

当夜色漫过我的身体，我知道，我这颗小小的心

总是克制不住自己，总随着夜色波动、上升、漂移，

　　它似乎

响应着夜色的召唤。而我深深地浸入夜色中，却什么

　　也没

听见。我无法真正感知夜色。我太麻木了。我不如自
　己的心
而月光把不一样的夜色剥离，我不一样的心情才被隐
　约看见

2004年5月29日于成都

夜色有一颗钻石般的灵魂

夜色有一颗钻石般的灵魂，它覆盖着我金子般的记忆
在夜里，只有夜色悄悄为我传递着，今生与前世的消息
夜色总把自己像大海一样铺开：铺出无边的宽厚，铺
　出深深的静谧
坚定的夜行人，被夜色视为朋友和兄弟，一一珍藏在
　心里
哦，星月在浮动，花草在微语，虫鸟在低吟——这是
　夜色的呼吸
而经由晨露洗浴，夜色将变成一群群夜莺，从屋顶和
　树梢缓缓飞离
夜色有一颗钻石般的灵魂，它覆盖着我金子般的记忆
在夜里，只有夜色悄悄为我传递着，今生与前世的消息

2004年5月30日至6月3日于成都

当夜色高过我的阳台

当夜色高过我的阳台，我总是把窗扇推开
我要让被木格分割的城市恢复它的完整，回到它的原
　　形
我要看清一座城市怎样悄悄打开它黑色的翅膀
此刻，我正紧靠着七楼向南的窗，夜色已贴在我的脸
　　上
我不知道自己是否站在了这座城市的脊背
我很想体验一下被带走的感觉，尤其被飞动的城市
悄悄带走的感觉。但我对自己还缺乏信心
怕被城市举得太高了，夜色会使我摔得更疼

2004年5月22日于成都

我在夜色里行走多像一块移动的石头

我在夜色里行走多像一块移动的石头，一块没有棱角
　　的石头
而我的行走，是否加重了夜色的深度或浓度？就像墨
　　水加重了
记忆和抒情。我紧抱住自己的思想，不让它们脱离我
　　的形体
透过夜色，我试图看到我的思想折射出的光芒，好比

露珠使纤细的小草

折射出了月光，并在地上银子一样流淌。可我顶多是
　一块石头

一块思想的石头：看上去远比思想更粗拙，甚而遮蔽
　了思想本身

但这又有什么办法？！我必须继续走下去，沿着这一
　条叫作夜色的

道路。而结局只有两种——我或者被夜色浮起，我或
　者被夜色溶尽

2004年8月18日于成都

一片片夜色在夜雨中哭泣

一片片夜色在夜雨中哭泣，而声音多么微弱、多么细
　小

总让我想起三十二年前夭折的弟弟断气时的抽噎

——可怜、无助、锥心……上帝啊，让这幼小的天使

仅在尘世度过了四十天，就匆匆收回了成命，却让悲
　哀和痛楚

永远留了下来，长久伴随着他的亲人：祖母、父亲、
　哥哥和姐姐

一片片夜色在夜雨中哭泣，而声音多么微弱、多么细
　　小
它一点点打在我窗外的台阶上，打在光滑湿润的青石
　　板上
在这个阴雨绵绵的晚上，夜色被一片片举起来：一株
　　株一棵棵
立在窗外、站在街边，可它们纷纷在夜雨中哭泣
一遍又一遍：击穿了我的梦境，扎疼了我悬着的心

2004年8月18日于成都

古典音乐（组诗）

巴赫《马太受难曲》

这首乐曲过于庞大，像矗立在我们面前的
一座神圣的教堂。它的七十八首分曲
就是构成教堂殿宇的七十八根圆柱
管弦乐队和合唱队，都是这里最虔诚的信徒
他们手里的乐器，奏出的音调大雪般纷飞
最后轻轻落在耶稣基督那颗至善仁爱的心
我看见主，一千次受刑，一千次死去
又一千次复活，双眼满含对苍生的怜惜

2010年4月5日于龙泉驿

莫扎特《d小调安魂曲》

天才的一生，竟是小提琴上的一根弦
演奏刚好进行一半，却突然绷断
滑掉的音符滚落一地，每一粒都在低泣
你终于把最后一首曲子献给了自己

你终于用最后一首曲子来安放自己的灵魂
这个时候，你看不见鲜花，听不见掌声
只看到披着黑衣的天国使者面无表情
而整个维也纳的上空下起了沥沥细雨

2010年4月6日于龙泉驿

贝多芬《月光奏鸣曲》

今晚的月光都长了耳朵，它们都听见了
那台古老的钢琴在深夜悲鸣。它们把洁白的
道路，从天堂一直铺到琴房的屋顶
今晚的月光都瞎了眼睛，它们却照到了
那颗伤痛的心脏在不断抽搐。它们用光亮的
指头，为灵魂拂去无尽的愁思和忧郁
今晚的月光在一首曲子中熊熊燃烧
今晚的月光被一首曲子弹奏成灰烬

2010年4月6日于龙泉驿

舒伯特《b小调第八交响曲》

仅有的两个乐章，是两条修长的手臂

它们相互交叉，就能把一首乐曲的身躯
完全抱紧。它们伸展开就是翅膀，能复活
所有乐器。无论木管还是铜管，无论小提琴
还是管风琴，每一件都能放飞旋律的鸟群
缭绕在山川、河谷，萦回在湖泊、森林
整个奥地利就是一间辽阔的金色大厅
而她最天才的儿子，以未完成呈示了完美

2010年4月7日于龙泉驿

门德尔松《仲夏夜之梦序曲》

夏夜是用来做梦的，仲夏之夜，梦境透明
做梦的不只是赫米亚和拉山德，做梦的不只是
狄西奥士公爵和他的未婚妻，做梦的不只是
莎士比亚，做梦的也不只是森林中的一群小精灵
做梦的还有小提琴，大提琴，长笛，黑管，吉他
还有蹲在屋角的那台老态龙钟的旧钢琴
还有悬在墙上默不作声的一支双簧管和一把小号
而这梦，星辰般闪烁，丝绸般光洁，雾霭般轻盈

2010年4月8日于龙泉驿

肖邦《玛祖卡舞曲》

玛祖卡是你的母亲，玛祖卡也是你的姐姐
你像爱姐姐一样爱着母亲，你像敬母亲一样
敬重姐姐。啊，永生的姐姐，永世的母亲
她们都拥有一颗名叫波兰的灵魂，她们都经受一种
名叫沦亡的屈辱。你就这样深入无边无际的月色
将她们，一段一段弹进自己的钢琴。你用指头
一遍一遍告诉母亲，她就像琴声一样晶莹。你用
指头，一次一次告诉姐姐，她就像琴声一样干净

2010年4月9日至13日于龙泉驿

李斯特《匈牙利狂想曲》

当弹奏完这十九首曲子，你已和钢琴
融为一体。当弹奏完这十九首曲子，你发现
匈牙利就是一台最高最大最好的钢琴
当弹奏完这十九首曲子，你不再无家可归
你已经是地地道道的吉卜赛人，故乡的美酒
灌醉了你的琴声。当弹奏完这十九首曲子
你的祖国站立在你的跟前，泪流满面

当弹奏完这十九首曲子，你已掏空了自己的心

2010年4月13日凌晨于龙泉驿

柴可夫斯基《悲怆交响曲》

疼痛在发出声音，疼痛在声音里，像一头野兽
撞击着另一头野兽。所有和这首曲子相遇的人
都被疼痛包围，都受到野兽的威胁和伤害
难道，饱受苦难的心灵，只能用疼痛来抚慰
当疼痛像雪一样落在疼痛之上，我们听到的
还是疼痛的呻吟。而疼痛感动了所有乐器
我们便听到升起的旋律，都在为疼痛祷告
都在义无反顾为疼痛赎身，为疼痛正名

2010年4月13日深夜于龙泉驿

柏辽兹《幻想交响曲》

人生就是一座医院，每个人都是患者，都拥有
一间病房，自己就是自己的医生。你告诉我
有一种疾病叫相思，患上的人是最幸福的人
也是最不幸的人。幸福源于幻想，不幸也源于

幻想，这不是生活的插曲。爱丝黛尔是你的病因
史密森是你的病因，朱丽叶也是你的病因
在最绝望时你才明白，自己就是最好的医生
而相思是一种美丽的疾病，也是不治之症

2011年2月14日晨于龙泉驿

舒曼《a小调钢琴协奏曲》

你为钢琴损伤了一根无名指，钢琴却回报你
一双杰出的手，一双感性、灵巧、高贵的手
倾尽才情谱写曲子，却仅为你钟爱的钢琴留下
唯一的协奏曲。哦，你的钢琴就是你
永远的克拉拉，克拉拉就是你永远的钢琴
你和克拉拉在一起，就是一首完美的乐曲
每一个乐章都是两个人在挣扎，在抗争
每一个音符都是两颗心在碰撞，在轰鸣

2011年2月14日中午于龙泉驿

勃拉姆斯《c小调钢琴四重奏》

一个人的二十年可以是流水，消失在

落日的尽头。一个人的二十年可以是花瓣
凋谢在深夜的风中。一个人的二十年可以是
荒径，折断在万丈悬崖。然而你的二十年
却浓缩成一首钢琴曲，在知音般的指头下
一遍遍响起，每一遍，心里都扎进一颗针
我渐渐理解一个终身未娶的男人，为何用
四十三个春秋，苦苦守护一份绝望的恋情

2011年2月16日于龙泉驿

帕格尼尼《二十四首随想曲》

每一根弦都是绷紧的心，左右手都是
延伸的琴体。跳跃的琴弓就是火狐的精魂
上下起伏。移形换位。轻挑细揉。若即若离
《狩猎》《魔鬼的狞笑》《荒山之夜》……
二十四首曲子，就是你开辟的二十四条路径
每一条都是陡坡，每一条都很险峻，每一条
都有陷阱。只有敢于攀缘的人才可能抵达峰顶
只有站在顶峰的人，才能听见你遥远的掌声

2011年2月17日于龙泉驿

约翰·施特劳斯《蓝色多瑙河》

其实，这条河究竟有多蓝，已经并不重要
重要的是，我知道了在欧罗巴有一条多瑙河
它是蓝色的，被一个叫约翰·施特劳斯的家伙
弄得满世界流淌，满世界发出喧响，这就够了
其实，这条河究竟有多蓝，已经并不重要
重要的是，你发现这条蓝色的河有一颗蓝色的心
有一个蓝色的梦，还有一种深藏着的蓝色的痛
你唤醒了一条河，也就唤醒了一位古老的母亲

2011年2月23日于龙泉驿

圣桑《动物狂欢节》

有人说，你在音乐这张严肃而宽大的脸上
划了一刀，不仅留下了伤，还埋下了痛
要真是这样，先生，我第一个不喜欢你
坚决把你从记忆中抹去，抹得彻彻底底
事实上，我不会这么做，因为钢琴不答应
大提琴不答应，单簧管不答应，长笛不答应
所有乐器都抗议。狮、公鸡、野驴、袋鼠

加入交响，并不滑稽，只是比人少了面具

2011年2月27日于龙泉驿

德沃夏克《新世界交响曲》

你终于接受了音乐的指引。你相信，音乐就是
你的神，你聆听到了它的启示，就像露珠
聆听到月光的照耀，就像夜空聆听到星光的灿烂
你知道，只要握住音乐的手，就攥紧了自己的命运
就可以推开另一扇门，找到梦中的新大陆
你没法不为汹涌而来的旋律着迷，你没法抑制
随旋律升腾的惊喜。当波西米亚音乐与黑人音乐
渐渐血脉相通，那些自命不凡的耳朵却突然失聪

2011年10月12日于龙泉驿

斯特拉文斯基《春之祭》

没有什么崇拜可以超越大地，没有什么祭奠
可以颠覆春天：一个无与伦比的季节
正释放出远古的气息，滚动着爆裂的雷霆
原始。神秘。野性。疯狂。恐怖

每一种节奏都来自于召唤，每一段旋律
都交织着悲喜，每一个场景都呈现出诡异
当少女被自己的舞步，一寸寸送上祭坛
俄罗斯，俄罗斯，我必须闭上蒙羞的双眼

2011年10月23日于龙泉驿

凡·高的麦田（组诗）

凡·高油画《麦田》

细细的麦秸，密匝匝的麦秸，斜在微风里
像三月苗条的身段。麦浪绸缎一样荡开，摇着
成片的青黄不接。正午，半阴半晴，在麦穗上小睡
灌浆声嗞嗞流动，滑过零碎的光斑，漏过季节的指缝
漫向麦丛的梦中。一只惊飞的鹰：一颗早熟而硕大的
　麦粒
它突然腾空而起，扎入那方，被麦色熏染过的云团
它张开的翅膀，带走了田野里大面积的沉默和飞翔
以及遗留在麦田守望者眼中的一道道刀伤

2004年9月8日于成都

凡·高油画《麦田上的乌鸦》

一只乌鸦飞下来，又一只乌鸦飞下来
一大群乌鸦从高处、从远方呼啦啦飞来，又缓缓落下

而下面，就是麦田，就是金灿灿的麦田。穗子们

举着一朵朵火苗，举着大海般的翻腾和燃烧，照亮了

天空那张阴沉而倾斜的脸。这些乌鸦：这些身着黑衫

来自天堂的普罗米修斯，终于爱上了五月绽放的火种

爱上了麦田——这大地上唯一能熔炼饥饿和贫困的巨炉

而谁将踏着土路，走进田间，迎候一只只黑凤凰涅槃？

2004年9月9日于成都

凡·高油画《坐在麦田里的年轻农妇》

坐在麦田里的你，正陷入深深的回忆

让我好生眼熟，似乎在冥冥之中就已经相识

现在，你亲手种下的麦子，都围在身边陪伴你

他们像一群听话的孩子，久久注视着你帽檐下的眼睛

哦，做一块麦田是幸福的，因为得到你晶莹汗珠的滋
　养

哦，做一株麦子是快活的，因为总是长得像你一样健
　康

你似乎不是坐在荷兰的乡间，而是坐在我梦中的川南

一看见你，我就泪流满面，忍不住想喊一声母亲

2004年9月11日于成都

凡·高油画《站在麦田里的姑娘》

如果有一种美丽，需要选定一种站立的方式

我们才能看见，那我要说，姐姐，你就站成一株麦子

如果有一种恬静，必须回到一片沉睡的土地

我们方可聆听，那我要说，姐姐，你就守在这块麦田
里

是的，没有人能告诉我，你为什么来到这儿

你好像不是站在麦丛中，倒像是站在自家的庭院

身后的红花浅浅含笑，脚下的蚂蚁悄悄逃离

当清风吹拂，远远近近的麦子们，都在不约而同打量
你

2004年9月11日于成都

凡·高油画《麦田里的农舍》

不见炊烟。似有一朵发烧的云，在屋顶之上盘桓

这是我熟识的房舍：这是一颗流浪的魂唯一可以栖居
的地方

这是我童年的居所：它离我很远，中间隔着的麦田，
比记忆更宽

穿过麦田的，是一条比梦模糊的道路，是一条比心境

混浊的沟渠

而城市在更远处，被自己放逐成一片，渐渐暗淡下去
　　的剪影

而天空在更深处，被自己清高成一抹，静静分泌而出
　　的浅蓝

最后的余晖，让那斑驳的墙壁，还保有些许短暂而陈
　　旧的光亮

大树旁，一蓬狗尾草燃起了紫花，照彻了我这家园深
　　处的疼痛

2004年9月11日于成都

凡·高油画《阴霾下的麦田》

远远望去，一块块麦田，仍黄得像一块块赤金

麦田周围，或麦田与麦田之间，是一些泛绿和泛蓝的
　　罂粟地

所谓阴霾，只是一盏盏熄灭后悬挂在空中的灯

这些灯盏，被风的纤指拎着，被风的嘴唇吹着

这些灯盏，背叛了光明，向原野投下，成团成团的黑
　　影

阴霾下的麦田，脸色从不铁青，它把所有晦暗还给了
　　天空

几株桉树或者杉树，在田垄上不停地摇晃——
树子们，似乎有些担心，担心麦田在阴霾下悄然睡去

于成都2004年9月12日于成都

穿越钢琴（组诗）

钢　琴

白天变成了钢琴的白键
黑夜变成了钢琴的黑键
一台钢琴在用黑白认识一个人
一台钢琴在用黑白理解一首曲

钢琴不喜欢在高音区尖叫
钢琴不喜欢在低音区叹息
真正的钢琴把音量藏得很深
真正的钢琴都应该是男中音

为了守护五十二个秘密
钢琴一生都在不断放弃
为了等待一场漫天大雪
钢琴穿越三十六个黑夜

四十四年的沉默打造我
把我打造成一台古老的钢琴

四十四年的孤独谱写我
把我谱写成一首忧郁的乐曲

我的沉默是一台钢琴的沉默
我的孤独是一首乐曲的孤独
谁能把沉默弹出天空的高远
谁能把孤独弹出大海的辽阔

钢琴之夜

钢琴坐着在弹，夜晚站着在听
这是一个空无一人的黑色大厅

没有钢琴，这个夜晚就是哑巴
万语千言都成为了唧唧的虫鸣

没有钢琴，这个夜晚就是瞎子
即使满天星斗，也睁不开眼睛

钢琴倾诉时，最讨厌人自作聪明
钢琴发现，夜晚才是唯一的知音

如果钢琴，把自己弹成了高山

夜晚就是一条通往山顶的路径

如果钢琴，把自己弹成了流水
夜晚就是那荡漾在水面的光影

通过弹奏，钢琴离人类越来越远
通过弹奏，钢琴离夜晚越来越近

钢琴在弹奏中，渐渐进入夜晚内心
所有琴声都是挂在夜晚脸上的泪痕

钢琴坐着在弹，夜晚站着在听
钢琴把一个夜晚弹得月白风清

钢琴在搬运天空

天空的重量，鸟不知道，风不知道
只有钢琴知道，只有钢琴可以
把天空一点点搬运，把天空搬得
越来越轻，越来越薄，也越来越蓝
天空太重了，堆积着大块大块的乌云
乌云堆成了一座座耸立的山峰
把天空压得喘不过气，翻不过身

常常累得头晕目眩，忍不住哭泣
掉下的泪水湿透了大地的心
钢琴面对天空，总是露出宽大的键盘
不停跳动着白键和黑键，直到所有
白键和黑键打开翅膀，高高飞翔
这时，白键就是一群飞过天空的白鸽
这时，黑键就是一群飞过天空的乌鸦
钢琴搬运天空，用白鸽搬走白云
钢琴搬运天空，用乌鸦搬走乌云
被搬运过后，天空才是真正的天空
而真正的天空没有雷霆，蓝得天真

世纪钢琴曲

发声会泄露发育，所以世纪的嗓门
总是关得很严，不是随时都可以打开
更多时候，找不到钥匙的我们
不过是一群彻头彻尾的门外汉
白痴般望着世纪那张宽大无比的脸

当钢琴在某个深夜突然响起
世纪才意识到自己无处逃避
钢琴的道路，就是一个世纪

最漫长最狭窄又最危险的道路
所以钢琴的一生都在走钢丝

世纪可以平庸，可以跛脚前行
但绝不能没有自己音乐的耳朵
而音乐的博大，可以原谅一切
听吧，钢丝上传来了轻轻的脚步声
那是一首无与伦比的世纪钢琴曲

钢琴女人

一个女人在为钢琴哭泣
她用弹奏钢琴的指头，将泪珠
从脸上弹掉，像掸去多余的灰尘

一个女人在为钢琴哭泣
她垂下的长发，是永不枯竭的瀑布
在键盘上流淌，流得波澜不惊

一个女人在为钢琴哭泣
她坐在月光里，身体微微浮动
所有的乐曲都热得发冷

一个女人在为钢琴哭泣
她不能让一场演奏成为一次掩埋
因为一台钢琴不是一座坟

一个女人在为钢琴哭泣
她虽然捧着一颗破碎不堪的心
却为世界珍藏着最后的倾听

一个女人在为钢琴哭泣
她知道，钢琴一直活在梦中
实在不忍心把他叫醒

一个女人在为钢琴哭泣
又始终不让自己的哭声被听见
如果钢琴哭起来，会要了她的命

一个女人在为钢琴哭泣
她不得不离开琴房，远走他乡
留下钢琴孤苦伶仃

一个女人在为钢琴哭泣
她哭自己不是李斯特，肖邦，贝多芬
却让钢琴经年累月，地老天荒地等

以上2011年12月于龙泉驿

身体节奏（组诗）

身体里的金银

我的身体不过是一具沙土，一点点被时间堆积。它如
此

贫瘠，长不出一棵小草，即便侥幸破土的思想

也细如汗毛，纤若发丝。我多想灌溉、施肥，变得松
软

虽不能让自己沃野千里，但可以圈守为灵魂着陆的基
地

我以手为锄，十指叉开，夜夜挖进身躯：不许双腿板
结

不许五脏缩水干瘪，不许五官封冻丧失表情

挖掘自己：我轻轻用力，不急不躁，沉着隐忍

从幼年挖到青年，从青年挖到中年，从中年挖到暮年

我明白一身沙土：沙是我的生，土是我的命

沙土之中埋着一个人最深沉的黑夜和叹息

我除了以手为锄，一粒一粒数落细沙，别无选择

因为唯有沙土听得懂我，懂得一颗孤独而陷入荒凉的
心

最会长的草，最会飞的莺，已注定与我无关
最能飘的落花，最能唱的流水，已注定与我无缘
还是风亲近我，昼夜吹拂，但绝不将我吹成骷髅
还是云怜惜我，化为雨雪，却从不更改我的容颜
日光照临，一丝丝扎入体内，变成了我这具沙土里的
　金
月辉洒下，一片片浸入体内，变成了我这具沙土里的
　银

2007年12月6日夜于龙泉驿

身体里的音乐

我不敢说我拥有一个辽阔的身体，我不敢说我的身体
是一个庞大的乐器，我不敢说我的身体是音乐的至亲
我不敢说我身体里的细胞都是小小的音符，我不敢说
我身体里的筋腱都是五线谱，我不敢说我身体里的脉
　管
都是大提琴和小提琴的弦，我不敢说我身体里的每块
　肌肉
都是一排琴键或一面鼓，我不敢说我身体里的每根骨
　头
都是一个槌或一只手，我不敢说我身体里流淌的血液

就是一支支弥撒曲，我不敢说我的嘴巴就是麦克风

我不敢说我的鼻子就是两个小号，我不敢说我的耳朵

就是两个大号，我不敢说我的眼睛就是两个摄像头

我不敢说我的这张脸就是一群演员，我不敢说我的头

　颅

就是一个音乐厅，我不敢说我睡着了一场非同寻常的

　交响乐

将隆重开始；而我起伏的鼾声正是完美的节奏，而我

搏动的心脏，就是一位最资格的指挥家，而我的同床

就是整场演出最荣幸的贵宾或首席观众。我不敢说我

　的身体

就是一个音乐的国度——如果真的那样，那我的左手

　就是肖邦

右手就是贝多芬；前脚是帕瓦罗蒂，后脚是卡雷拉斯

而我身体最深处的节拍，跟乞丐缺碗里跳动的硬币产

　生和鸣

2007年12月6日深夜于龙泉驿

身体里的桃花

一株或一枝，当不足挂齿。来吧，你走进我身体

就是一大片一大片的桃林，抬眼望去

花放肆地开，色疯狂地撒，干狠劲地摇

香浪漫得把风都迷醉了，醉得风漫天飘坠漫天浸染

你没来，你没走进我，关于桃花的心事你最好沉默

至于闯进我的桃林，你折不折一枝，采不采一朵

无须给我说。我知道，性情中人性事要紧情事至上

至于你骑上某棵桃树，不慎摔痛和跌伤，别怪没叮咛

其实某些树，特别是我身体里的桃树，宜看不宜攀

最好站在三步之外打量。这样，你可能发现自己比桃
　树高

双臂张开也比桃枝长，而身躯远比桃干壮。在桃树看来

你正是他们期待中的近亲；在桃花眼里，你正是她们
　不小心

错过了的季节。你实在站得发怵发慌，也可轻轻靠着
　桃身

这样你和桃树可以交换体温相互安慰，还可以彼此握
　住心跳

等沉静下来，你侧耳倾听，会发现桃花们，全在窃窃
　私语

你试图捕捉一两句是否与你相关，一些花瓣便掉落下来

打得你满脸粉红。至于她们的表白，你肯定一个字也
　听不懂

当你逃离我身体才醒悟：每一朵桃花都是我解开的心结

2007年12月7日凌晨于龙泉驿

身体里的野兽

我的身体一直在摇来晃去，特别是走在路上的时候
摇晃得更加厉害，几乎快跌倒了，路人都紧张得为我
张大了嘴巴、瞪大了眼睛，胆小的吓出了唏嘘或尖叫
其实只有我心里最灰，我恨不得把自己拆散，或者劈
　开
我不是谁种植的树，不停摆动，也掉不下一枚果子
当我躺进了梦乡，我的身体仍在床榻，翻转折叠
为了使身体静止，静若止水，我彻夜呓语，彻夜打鼾
结果惊醒了邻居的咳嗽，惊醒了村庄的疲惫和弯曲的
　睡姿
整夜的倒腾，让月光打湿了全身，将老鼠吵出了洞穴
走在清晨的小巷，狗躲着向我翻白眼，鸡站立墙头胡
　乱啼鸣
我发现在这长长的巷道，世界掉得老远，早已不跟在
　身边
这时我终于看到多年不遇的冷清正朝我迎面走来
她仍然形销骨立，她还是满脸雾气，对我爱理不理
当和冷清擦肩而过，我的体内突然发生猛烈撞击，并
　发出
一连串含混的啸声。我凝神谛听，有点像老虎，有点
　像豹子
也有点像两三只树熊，但更像一群冲出丛林的发疯的

大象
它们为什么在这个时候如此动荡，冷清没告诉我
它们躲进我身体里究竟想索取什么，冷清也没告诉我

2007年12月7日凌晨于龙泉驿

身体里的故乡

无论踏上我的哪根指头，都是一条还乡的路。无论站
  在
我的左肩还是右肩，都可以望见老家的屋顶和升起的
  炊烟
只要摊开手掌，我就可以走进自己的麦地，或者穿越
成片的玉米林。那些密布的掌纹，都是我熟悉的阡
  陌，闪过
采桑女的身影。闭上眼睛，就是月色笼罩的田野：收
  割刚刚结束
新鲜的稻茬，溢出丝丝清香，泛着湿润的光泽；一只
  田鼠
蹿进草丛，追逐蝈蝈的叫声；蛙鼓起落，溅起满天的
  星星
竖直耳朵，又从房后的岔道口和竹林边，传来此起彼
  伏的狗叫

当我双臂交叉，不自觉放在胸前，就抱住了一捆坡地
　　生长的甘蔗

而朝着自己随便喊一声，都会从心里拥出一群，纯棉
　　土布的乡亲

如果从我头顶一步步走到脚底，故乡就会越走越深；
　　如果从我左手

一步步走向右手，故乡就会越走越近。谁扯掉我一根
　　头发

故乡就少了一株草；谁拔掉我十根头发，故乡就失去
　　一片林

倘若剃光了我的脑袋，故乡啊，会突然多出好几个荒
　　山

不管飘落何地，只要拳头攥紧，我知道，故乡就没把
　　我放弃

听！路上又响起我踢踢踏踏的脚步声，那是故乡在日
　　夜兼程

当我累了睡着了，坐在静夜里的故乡，仍在灯下绩
　　麻，仍在

穿针引线，细心缝补着我身体里的漏洞，和新破开的
　　口子

2007年12月13日至14日于龙泉驿

身体里的坟墓

我的眼里有两条长长的黑色通道，它们一直通往我身
   体里
那个隐秘的墓地。墓地四周，围着矮树林。没有人来
   过
也没有谁探听，静谧得只剩下乌鸦的叫声和风吹过的
   影子
这是我的身体陵园，由我亲手开辟，我留给我的亲人
   安息
现在，我用心和痛、用凝固的沉默、垒起的一排坟墓
长满了青草，开满了鲜花，甚至还结出了蒺藜和野草
   莓
每一个坟堆前，都立着一块石碑，上面刻着我血色的
   悲悯
关于他们的生平或身世，我其实知之甚少，有的永远
   是谜
但我敢发誓：他们无一不是我至敬至爱的人！我在梦
   里
看见过他们，有的和我相隔千年，有的和我远隔万里
当我醒来，他们早已辞别这个世界，我只能把他们的
   灵柩
——安放在我的体内。我为他们守护这方寂静，仅仅
   为了

不再受到洗劫，不再面对恐吓。每天我都会悄悄站在
　墓前
在心里想象着他们的种种遭际，然后默念一遍他们的
　名字
再逐字逐句背诵他们说过的话语，留给我和所有人的
　话语
他们的离去，让我回到生活的破碎，寻找世界的平衡
在这片墓地，在这些墓旁，还会挖出一个个坑，最后
　一个
就留给自己。最终，我将被自己的身体，彻底掩埋

2007年12月16日夜于龙泉驿

身体里的蜀锦

很幸运我是地道的蜀民。很幸运我一直都
生息在蜀地。眼前的桑树林无边无际。当我摆正姿势
四肢就伸成了四条滚滚流淌的江水。每逢晴朗的日子
我举头望天，它就蓝得像两千年前我祖先那张宽阔的
　脸
如果下起了雨，这是我走失多年的母亲，又从另一个
遥远的世界，发来了哭泣的传真，她的儿子要用淋湿
　的指尖

去接收。看见那么多绿得发疼的桑叶，站在枝条上不
　停颤动

我就疾步跨上去，一下骑住四片，奔驰在赶往蚕房的
　路上

密密麻麻的蚕在竹箔里蠕动，多像我精心写进方格子
　的

肥胖的毛笔字。它们爬在桑叶上，把春天细细碎碎的
　心事

啃啮出满屋子最动听的春雨声。我的妹妹总在深更半
　夜起床

她张开惺忪的双臂，把每片叶子轻轻铺进每条蚕微甜
　的梦中

当第四次醒来，蚕拧亮了内心的灯盏，通体透明，小
　心照着

行走。一回到自己的小白屋，蚕就闭门不出，潜心打
　坐参禅

而年复一年，我始终在桑树林穿行，一边锄地一边除
　草

我的身体里，有一台织机在昼夜不停地编织。四条江流
从四个方向汇入我体内，把织品反复濯洗，洗得干净
　柔滑

穿在我身体上的这件皮肤，就是一匹最完美的蜀锦

　　　　2007年12月27日初稿，2008年1月3日改定，于龙泉驿

身体里的风雪

风已占据了我的躯体，风在我体内疯狂地吹刮
我唯一的心灯，摇晃着一朵，将熄未熄的火苗
我的胸腔变得越来越晦暗，我的心空变得越来越低矮
这是深夜，这是中世纪最深沉的长夜，长夜漫漫
谁是顶着风声行走的夜归人？他后面拖着的影子
将瘦成一柄刀锋，逼出我骨缝中一群蓬头垢面的幽灵
风已占据了我的躯体，风在我体内疯狂地吹刮
在风中，我两手空空，指头将一段段枯萎一段段凋零
我的头发，纷纷竖立，被一根一根拔起和吹散
我双眼浮肿，酷似灯笼，全然丧失神采和光亮
我打皱的脸啊，将在风中舒展，成为一张星宇图案
成为银河两岸浣洗女纤纤玉手揉搓着的一片薄薄的绸
　　缎
风已占据了我的躯体，风在我体内疯狂地吹刮
打猎的人，躬着腰，穿过我浑身的脉管，走遍我全身
他逆风捎来口信，一场铺天盖地的大雪，将在今夜
降临。六角形天使飘飘而下，一一汇聚我灵魂的祭台
我的身体将接受揖拜。我身体的洞穴同时向天堂打开
我体内将铺出深厚而宽广的洁白，等待猎物追逐猎人

2007年12月31日夜于龙泉驿

秋风外传（组诗）

秋风辞

拼了老命，我才将
最后一阵秋风
赶出林子
斩尽杀绝

这时
我突然产生幻觉
以为自己
正黄袍加身
而遍地落叶
都是伏在脚下
叩拜的臣民

秋风吹过

秋风吹过

你并没有摇晃
因为
你不是叶片

秋风吹过
你黑色的头发
露出
白色的发根

秋风送我回家

我的路
不在地上
也不在天上
而在天地之间

我在行走
谁也不在乎我
只有秋风在乎
回家的方向
只有秋风
为我开道

秋风护送
我剥光了自己
我什么也不需要
我是自己唯一的行李

回到家
一蓬芦苇
摇摆着
为我开门

秋风在翻我

秋风是账房先生
我是秋风
记了一年的账目
那些数字
是一只只蚂蚁
在我心上
爬来爬去

秋风在翻我
一页一页翻我
一遍一遍翻我

秋风在寻找
一段记忆
秋风在揭开
一个真相

我在变旧
也在变脏
秋风却不放过我
仍在一页一页地翻
仍在一遍一遍地找

如果哪只蚂蚁逃走了
秋风一怒
算总账
定将我撕得粉碎

秋风迎亲

天空已搬走了所有云朵
天空把所有屋子空出来
留给秋风做新房

在所有迎亲队伍中

只有秋风最浩荡

天空举杯

鸿雁南飞

秋风娶回的新娘

是我头上

一根白发

以上2015年7月17日 于龙泉驿

秋风是穿过我的线

夜很深了

我站在光秃秃的山顶

以为自己是一根

百无一用的枯枝

既不能生长又不能返青

当秋风吹过来

又一阵一阵吹过去

我头顶突然有了月亮

月亮在移动，从东边慢慢移向西边

移着移着就不见了

天亮后才发现

我是一枚针

而秋风，是穿过我的
长长的线
整整一个夜晚
我都在缝补天空
月亮就是我缝上的补丁

2015年11月4日夜于龙泉驿

秋风十八拍（组诗）

秋风引

我们都知道

孔子是圣人

述而不作

他说的话

没有口水

都有弟子在记录

每一句

都是论语

我们不知道

孔子是色盲

他只看得见

七十二个门徒

却看不见秋风

坐在中间聆听

只有秋风

称得上得意门生

把论语

吹进了天堂

秋风慢

因为唱一曲秋风

汉武帝刘彻

身价百倍

走红两千多年

至今，仍有人

在挖空心思翻唱

他这首成名作

一个个

尽管唱得山崩地裂

还是没有摆脱模仿

汉武帝太牛了

从不吊嗓子

也不走穴

却挣下万里疆土

就连，每一寸秋风

也成了他的私产

秋风近

灯下

美髯公关云长

正在阅读兵书

他的脸，太红了

当秋风不小心

吹熄了灯

关云长就用一张脸

把书照亮

有时太困倦

最后的书页

都是秋风在翻

关云长败走麦城

就是因为

漏读了兵法

秋风册

待到秋来九月八

我花开后百花杀

众所周知，这是黄巢

起义前撂下的狠话

也是他在长安城里
散发的诗传单
如果没有秋风跟他
成为刎颈之交
黄巢断没有这底气
仍是个屡试不第的
落魄书生
至于满城披戴的黄金甲
不过是秋风打前阵时
刮掉的枯叶

秋风折

我在秋风里低下头
不是认错
因为我，还有一颗纽扣
没有解开
秋风告诉我
宽衣解带，是人生
最后一课

秋风示

夜深了，秋风还在赶路

趁星星还未闭上眼睛

我还没被黑掉

四周还有草木气息

我必须追上去

在这样的夜晚

只有与秋风同行

我才可以做一个

歌哭无忌

披头散发的人

秋风恋

玉米深信

自己是最懂秋风的女人

秋色横空

玉米站在坡地上

垂下一条条枯叶

我们都能看见

她为秋风养着几个私生子

满是棕色头发

有点混血

秋风斩

终于把高粱拉扯大
每一株都长得又高又壮
秋风没有想到
这成了罪过
为了供奉一帮酒鬼
他的孩子们，即使
憋红着脸为自己辩护
最后还是，被砍了头

秋风训

家财万贯不是罪
问题出在财迷心窍
只因为你
紧抱秋风大腿
只因为你
听信秋风吹

秋风胆

秋风吹过去
又吹过来
秋风发现
最先放弃信仰的总是叶片
秋风还发现
即使叶子掉尽
枯枝上总会悬着
一两只果子，不信邪
即使干瘪了也胆敢
不掉

秋风咒

躲得过春天
躲得过夏天
你却躲不过秋天
现在，已开始清场
秋风围过来了
秋风是秋天派来的刽子手
虽然你是小草
但不该露头

秋风痛

原以为，秋风只是擦肩而过
没想到居然抓住我的头发
把我提起来
秋风只知道我有多重
却不知道
我有多痛

秋风疾

怀秋的日子
不适合登高
秋风是我患下的疾病
只有站在低处
才不会吹进
你的玉体

秋风书

翻看秋风
我变成一张黑脸

秋风的最后一页
只排了两行字
每个字，都是我
掉下的牙

秋风戳

谁也别想带走我
拿手铐脚镣吓唬也没用
实话告诉你们
我是有组织的人
现在，秋风为我做主
你们看清楚
我两个手掌都盖有
秋风戳
没错，秋风就是江洋大盗
你们来晚了，昨天
我已递交投名状
有本事
你们去打劫秋风

秋风节

秋天是秋风的母亲
在秋天眼里，秋风是一群
长不大的孩子
只知道东奔西跑，蹦蹦跳跳
似乎天天都在过节
秋天已把秋风娇惯坏了
所以践踏花花草草
秋风才这么任性

秋风禅

打坐的秋风
在飘移
打坐的秋风
在默授心经
只有草木心领神会
要修身
先凋零

秋风颂

把天打扫了一遍
把地打扫了一遍
这个清洁工
最后把我留下
是想证明
在天地间
我只是一个垃圾箱

2017年9月9日至20日于龙泉驿

时　代

拖着浓重的黑夜，一个时代
从我身旁呼啸而过
它刮起的大风，带走了我的行李
吹散了我的白发，撕碎了我的衣服
我的胸膛和心跳，全部裸露在外
但已引不起一个时代的好奇
甚至听不到一声咳嗽和叹息
它太匆促了，似乎在赴一个盛宴
又像在躲避一场铺天盖地的瘟疫
我侧转身，只看见一张张面孔
落叶般飘零，堆砌在沿途的铁轨旁
所有路灯，都闭上了迷离的眼睛
而那渐行渐远，仍高高翘起的
时代的尾巴，最后消失在群山的隧道

2009年12月4日于龙泉驿

镜

我看见了一张似曾相识的面孔
但不敢贸然相认。这个人
他和我一定拥有相同的基因
我们谁比谁熟悉，又谁比谁陌生

他的出场，是否以我的谢幕结束
我听见岁月和忧伤，在我们之间
隐隐流淌，在彼此的脸上留下皱纹
在彼此的头上，留下苍苍白发

我的转身，却正好暴露了他的背影
而他借助我的双眼，捕捉到深藏的隐秘
莫非我在成就一个人的光明磊落
也挽回了一个人行将失去的英名

我要跨过怎样的门，才能站在他身后
他是否对我怀有敌意和仇恨
如果我断然摔碎这水银的梦境
我们是不是还能找到对方的踪迹

我伸出手，他刚好触到我的指尖
我哈一口气，他的脸上就升起了云雾
当熄掉屋子里的灯光，我们同时
暗淡下去，被一种看不见的深渊阻隔

2009年12月10日至11日于龙泉驿

教　堂

走进森林，没有一棵树忍心
拦截我，没有一丛花忍心断掉
我脚下枯藤一样延伸的小路
那么多落叶，被我踏出了声响
我看见了巨大的沉默在枝丫间晃动
这个时候，我不怕野兽出现
哪怕一条毒蛇，一头豹子
都会成为朋友，成为忠实的伴侣
我知道我去的地方，必须穿越这里
只有走出这片孤独和寂静
我才能听到那悠悠的诵经声
才能找到那座古老的教堂
它正开着门，等我捧着心走进
接受上帝的洗礼

2009年12月24日于龙泉驿

图书馆

透过图书馆的玻璃门，我看见一群伏案的人
正在悄悄变成文字，变成文字的印刷体
然后被装订成册，一本一本立在书架上
他们成为一串闪光的名字，令人刻骨铭心
曹雪芹，鲁迅，聂鲁达，惠特曼，普希金
这些文字都在说话，有的站着说，有的躺着说
用象形说，用拼音说，但最后，都用沉默说
只有走进文字的心脏，只有靠近文字的骨头
你才会明白，沉默是他们最美妙的话语
也是留在这个世界最持久最尖锐的声音
透过图书馆的玻璃门，我看见一部部厚书
正在悄悄分解成一个一个印刷体的文字
一个一个印刷体又还原成一个一个手写体
手写体又变成一个个在灯下咳嗽不止的身影

2012年2月3日于龙泉驿

大　地

大地的焦虑由树说出，所有河流
都想带走大地的黄金和秘密
风的争吵，缘于迎风的叶子口齿不清
缘于一棵树对一千棵树的抄袭

双脚深陷泥土，我却不能把大地
连根拔起。一队队蚂蚁，忙于迁徙
不是相信了人类甜蜜的谎言
而是在把我们彻底遗弃

秋天的粮食，无论排得多么美妙和整齐
也排不成大地嘴里尖锐的牙齿
而我们成熟了却抓不紧丰收和幸福
那是由于我们还没有后退到大地的肌体

2008年12月22日于龙泉驿

银　杏

每年春天，你手里都捧着一本书
这书，除了你在默默地读
风还在呼呼地读，雨还在滴滴答答地读
阳光还在亮晃晃地读，月光还在
白沁沁地读，星光也在读，电闪也在读
只有雷的读声，轰隆隆滚过头顶
你站在窗外，须发飘飘，一言不发
书在你手上一页一页翻动着，从春天
翻到夏天，从夏天翻到秋天，从翠绿
翻成了金黄，我却一再把你误读
即使拦腰抱紧，也不能让你移动半步
当你变得衣不蔽体，脚下却铺满了黄金
我挺直腰，盘腿坐在这华丽的地毯上
倾听着一颗孑遗苍茫尘世的心
你叫李耳，也叫老子，俗名银杏
你捧在手里的书，叫《道德经》

2012年10月于龙泉驿

爬山小记

秋风劲吹，吹枯了满坡的草木

吹白了天空的云影和浮动的鸽哨

山道像一条盲肠，从山顶

缓慢延伸下来，一直挨紧山脚

我们踏着石梯，一级一级上升

好像一节节油条，在山的腹中滑动

一路上，我们边走边看，看见了光秃秃的

桃树，和大片脱去树皮的桉树

还看见了一排排墓碑，和一堆堆乱石

还看见了三三两两的小鸟，迎风穿越枝梢

将啼鸣撒进岩隙和沟底的溪涧

当踏着满地落叶，我们突然多了话题

其中谈到干柴和烈火，谈到一座大山

深藏不露的隐患。未到半山腰

每个人已走得浑身发热，同行的女士

渐渐掉在身后，似乎担心

与男士走得太近，会被对方点燃

2009年11月13日凌晨3点于龙泉驿

叶子上的秋天

每一棵树都在行走，每一棵树行走的方式
都不一样。有时它走在我们前面，不声不吭
以致我们忘记了，有这么一棵树，一直在
带领我们前行。有时它跟在我们后面，踏着
我们的脚印，盯着我们的脊背，目不转睛

当我们跌倒了，竟然不知道，有一棵树
站在远处，伸出长长的手臂，在把我们扶起
当我们奔跑如风，所有的树都扬起了头
都在道旁列队排开，都举着呼啦啦飘动的旗帜
为我们送来不息的掌声和热烈的喝彩

如果有谁太累了，走着走着，一不小心就可能
走成一棵树。而最幸运的人，他路途的方向
是朝着树木的，他最终会走进树中：从树根起程
沿树干一寸寸攀登，走向一条最长的枝丫
枝丫上，一片很秋天的叶子在晃动，很像你

2009年1月7日于龙泉驿

白　夜

从一个隧道进入另一个隧道
火车拖着我的白天和黑夜

我的白天在隧道与隧道之间
我的黑夜是一个又一个隧道

从一个隧道进入另一个隧道
就是从一个黑夜赶赴另一个黑夜

最长的隧道成了最深的夜晚
火车常把我从深夜突然带进白天

白天的白暴露了黑夜的黑
白天都是黑夜的不速之客

从一个黑夜进入另一个黑夜
我从一个人成为另一个人

从每一个黑夜回到每一个白天

我从一个人变成了一车人

2009年1月19日晨于龙泉驿

风在坏

在冬天，风就坏起来
风坏起来把谁也不放在眼里
风坏起来谁也拿它没法
树看不下去了，站出来阻止
树的衣服很快被剥得精光
草看不下去了，昂起头声讨
草的脸孔很快被抽得枯黄
水最识相，水从不招惹风
风一来，水就眉开眼笑
风一走，水又平平静静

最没骨气的要数雨了
在冬天，雨总是扭着细长的腰肢
恬不知耻投入风的怀里
让风紧紧搂着
在空中放浪地舞蹈
被风扭断了腰，雨还在舞
被风拧断了脖子，雨还在舞
从青年舞到暮年

从黑发舞成白发，雨还在舞

白了发的雨就不叫雨了
白了发的雨叫雪

在冬天，风太坏了
它把雨玩弄成雪后遗弃了
还要在大地上
把它们铺成白茫茫一片
然后若无其事迈着凛冽的碎步
然后神气活现吹着呼呼的口哨

2003年12月11日于成都

117

薄 暮

河水在流动
我坐在岸边
我看得见
流动的河水
也看见了水面上
流动的黄昏
和两只野鸭的孤独

不断流动的河水
带走了我身体里
堆积的一粒粒声响
就像沙地上的那株小草
掠过最后一缕夕阳
张开叶子等待露珠和星辉
我终于安静下来

2005年1月20日夜于成都

去西安

上周去了趟西安

没乘飞机，坐的火车

从成都的下午出发

一条长长的爬虫

摸黑翻过秦岭

第二天上午九点过

才慢吞吞向西安靠近

到了西安

没去逛景点

只在大街上随便溜达了一下

半天下来

也没碰见一个

唐朝的人

更没听谁说起李白和白居易

从城里返回火车站的公交车上

一名掏我腰包的扒手

从我眼皮底下逃脱

我当时想，在西安抓住小偷

最好的惩罚

就是让他去做兵马俑

兄　弟

活在这个
充满交易的世界
我没被出卖

走在这个
两眼望天的世道
我没被看低

是因为有人
把我当作兄弟

当山体滑坡
滚滚巨石
压向屋顶
兄弟就是那个
首先把你推出房门
自己最后冲出来
或者最后没来得及
冲出的人

感谢上帝

布下的仁慈

虽然野蛮一再

卷土重来

但他的子民

绝大多数

没有变成畜生

2017年12月26日于龙泉驿

雪　愿
——赏董小庄概念水墨作品10号

听见北风在呼
我就起程
从天上到地上
都是密密麻麻的我
一会龙飞
一会凤舞

隆起不是我的本意
铺开才是我的宿命
从前世来到今生
我就是要彻底做一页
留够空白的
纸

空用来等待
白用来接纳
在我心里，只有
缺笔少画的错别字
能够盘腿而坐

才看得见

飘飘而下的

钟声

2015年11月23日 于龙泉驿

吉狄马加回故乡

在西溪河口
我尝到苦荞的甜
那是阿妹
爱情的味道

在金沙江畔
我闻到土豆的香
那是阿妈
怀里的芬芳

在基那布特
我看到火把的焰
那是阿爸
双眼在闪烁

在阿布测鲁
我望见峰顶的鹰
那是吉狄马加

回到故乡

2015年7月20日于龙泉驿

注：享誉国际诗坛的著名彝族诗人吉狄马加，祖籍四川省凉山彝族自治州布拖县沙洛乡。布拖，古称基那布特，是彝族火把节的发源地，被誉为"中国彝族火把节之乡"。阿布测鲁为布拖县境内最高峰。

送吾师张新泉乘地铁

这里是古老的龙泉驿，这个站口
可以一直通往三国
先生铁匠出身，用整整六年
锤打过大大小小的铁
但唯独没有打过地铁
今天，这个阳光灿烂的中午
先生站在站口外的音乐广场
抬头看了一眼天空那块
他四十年前反复敲击，至今仍红得
不知羞耻的铁饼
转身走向电梯
一头雪山，在我们的瞩望里
缓缓降低海拔
下面有无数的铁，次第为他开门
最后，先生不得不面对一条长长的铁
他并不认为这是一头怪物
在他眼里，这同样是一根笛管
这回，他不用站在管外吹奏
只需袖手坐进管心

127

就能让灵魂飞奔

半小时后，又回到蜀国的皇城

2016年12月30日晨于龙泉驿

注：首届鲁迅文学奖获得者张新泉先生，先后当过搬运工、纤
夫、铁匠、剧团乐手和编辑等。

籍　贯
——给郑单衣

人生是一场赌博
籍贯
就是一副扑克

曾经，你用十八年
为自己洗得一手好牌
故乡的山水
无可奈何
只好认输
默默
为你让出去路

现在，你并没有出局
已经用三十七年
把同样的牌，洗了又洗
洗出了风声雨声
甚至，洗出了电闪雷鸣
只想被故乡
一把山一把水地

将你

赢回去

2018年2月10日于龙泉驿

注：中国"新生代"主要代表诗人郑单衣18岁考上大学，距今离开故乡富顺37年。

仿佛去过大海

在桌上摊开纸
先画两株椰子树
再给每株椰子树画两个椰子
这样，看起来很女性
树下当然是沙滩
沙滩白得不需要动笔
本想画一群人坐在沙滩上
最后只画了一个人
这个人一丝不挂
只能看见他的背影
后面的两株椰子树
一个是他的老婆，另一个
不大可能是他老婆
因此，最好不要转过身来
我已经放弃画一阵风了
不用怕眼睛被吹熄
也不再画贝壳了，这些
只能成为爱的赝品
就这样安安静静多好

仿佛大海，抱紧一颗
蓝色的心

2017年1月9日于龙泉驿

一剪梅

喝腊八粥仅剩一天

梅就开了

这些38年的蕊瓣

也是861年的蕊

也是836年的瓣

风穿窗而来，一把软刀子

在我面颊和手背试过锋芒

却割不断半缕沉香

此刻，唐已折入24开书页

唯有一枝南宋站立青瓷

当38年的梅亮出词牌，打开吟哦

月影羞于婆娑，满地清照

没有一阕姓李

风声已钝，断肠人打马归去

平原上的落日

成最后一枚蹄印

明天在街边喝腊八粥

不再见朱淑真

2017年1月4日晨于龙泉驿

心 瑟

祖母在身边（组诗）

听 风

风总在午夜吹来，自家的方向
轻轻缓缓吹来。听风其实是
听风里传递的声音，听声音里
熟悉的亲人，听亲人里谁是祖母
听祖母对漂泊异乡的孙子
一声声嘱咐，一句句叮咛
风里的声音虽然总是很多，但
谁的声音也无法把祖母的淹没
谁的声音也无法把祖母的搅混
我熟悉祖母的声音就像熟悉
自己的手，手上的掌纹
祖母的声音其实很普通，既不高亢
也不浑厚，但我听起来
总是那么响亮那么亲切那么温暖
总是感觉祖母就站在身边
静静地看着我，以慈祥的眼神
为我驱逐孤独和寒冷

听到祖母的声音我就听到了

祖母的呼吸祖母的心跳祖母的血流

甚至祖母念叨孙子时翕动着的干瘪的嘴唇

甚至祖母盼孙子回归时望得酸涩而让泪水

一遍又一遍模糊的眨动着的眼睛

祖母现在已去了风再也吹不到的地方

但她的声音依旧在风中传递着

祖母的声音就像故乡的稻谷

虽然很小，却很沉

一点一点从我耳孔，落入

深深的心底，并扎下了根

2000年5月27日 于成都

伤心的麦地

这是山坡上的一块麦地

昨夜的一场风暴，也没有

使麦子倒下。麦子们彼此靠得

很近，一株一株手挽着手

笔直地站立着

麦子们已变得更加成熟了

不再理会脚下的风吹草动

每年这个时节，麦子们知道自己要做的事

就是一心一意地等，不声不响地等

哪怕望酸了脖子，哪怕踮疼了脚尖

也要等下去。麦子们知道

一位白发苍苍的老人，总会在

它们急切的期待里出现，微笑着

款步走来，把它们小心揽进怀里

——带回家。可是

今天的麦子没有想到

等来的那位熟悉的老人和善的老人，却躺在

黑漆棺木内，消失了笑容停止了声息

已不能伸手，也不再频频欠身

由八个壮汉抬着，正朝它们慢慢靠近

麦子们震惊了，麦子们扭在一起

碰撞着颤抖着

忽然冲向人群，涌向棺木，扑向坟地

山坡上顿时一片麦浪翻滚……

天空低下头来，试图抚慰

却被麦芒刺伤眼睛

痛得掉下

淅淅沥沥的泪滴

2000年5月30日于成都

祖母的乳房

也许，祖母的乳房从没有

像现在的年轻女子那么健壮过，挺拔过

但它丝毫不影响祖母在我眼中

作为女性的美，作为母性的慈祥

祖母的乳房就像祖母一样真实

而可靠，里面装着液体的粮食

装着孩子们不可或缺的营养

它让祖母的十二个子女来到这个世界

止住啼哭，吃上了第一口饭

尝到了母爱温温暖暖的甜

但是它毕竟太小了，无法供给

养活十二个子女的口粮

而存活下来的四女一男

已让祖母的乳房一天天

彻底瘪了下去，成为

两个空空倒悬着的小麻袋

在风中轻轻晃荡

它贴在祖母的胸脯，酷似

两片干枯的树叶，尽管失去水分

却脉络清晰，色泽鲜明

散发着淡然而静穆的光

这便是五岁时，祖母不经意给我留下的

永远抹不去的印象

记住一个人

这个人离我很近，近得
就像泥土和庄稼
这个人和我很亲，亲得
就像玉米棒和玉米粒
这个人为十二个子女流尽了奶水
又用汗水和泪水把我养大
这个人一字不识，却一生都在土地这张
揉不皱的大纸上不厌其烦用农具
反复书写，反复修改
这个人从未走出过家门，却行经了
那么漫长而曲折的旅程
这个人一辈子做的都是芝麻籽那么大的事
但她属于世间最了不起的人
这个人站立的地方始终低矮而偏僻
所以注定成为他人视野里的盲点
这个人悄悄跟在身后，以潮湿的目光
一步一步扶我上路

141

这个人悬在我左右两只耳朵上的热乎乎的叮咛

是照亮我前行方向的永不熄灭的灯

这个人一头银发是我梦见的神圣的雪山

这个人穿越的世纪是我回望的遥远的风景

这个人一无所有却一无所求

这个人最疼我怜我却撒手而去

这个人，已被我

重重烙在心上

深深刻进骨头

她有一个鲜为人知，质朴得

像土坷垃一样的名字：

甘——淑——荣

这个人就是我的祖母

我喊她：娘嬢

2000年6月8日于成都

注：娘嬢，属川南方言，就是祖母或奶奶的称谓。

父亲啊父亲（组诗）

为父亲理发

这是周末，午后的阳光
在窗外看稀奇，它似乎
不相信我理发的手艺

父亲已瘦成一片秋叶
总担心哪阵风吹进屋
将他刮走

站在厅堂中央，我为
靠椅上的父亲
垫好毛巾，系好围布

嗡嗡的电剪，从颈项开始
贴着发根往头顶推动
一遍又一遍

发茬碰着剪刃，纷纷逃离

像一群惊慌的蚊蝇
飞满父亲全身

每次推过，电剪都在
父亲头上留下一道白痕
仿佛分开草丛的小径

父亲的额角，长着一颗肉瘤
它是老人用尽力气，从身体里
一点一点拔出的钉子

一会工夫，光头的父亲
成为一座收割后的山
无比灿烂

而我，就是一个农人
一边收拾着工具
一边被丰收湿润了双眼

2014年3月2日于龙泉驿

为父亲剃须

父亲没有络腮胡
也不是山羊胡
父亲只长着大众化的胡须

父亲的胡须长得快
刚过两天，嘴唇周围
又布满密密匝匝的银针

胡须与头发一样
是寄生在父亲身上的叛徒
一直在出卖他的年岁

父亲讨厌胡须
偏瘫后手脚不灵便
我就成了他的剃须刀

每次剃胡须
父亲都半闭着眼睛
安静得像个听话的孩子

剃光之后，父亲总是
下意识伸手抹一下嘴巴

似乎在悄悄验证

父亲不是不相信儿子
他是想知道，我活着
心尖是否磨钝

最后一次剃
父亲躺在老家的旧床上
睡得比上帝还平静

我依旧剃得一丝不苟
绝不留一星半点胡茬
让梦中的父亲依然活得年轻

2014年3月3日凌晨6点于龙泉驿

为父亲洗澡

和偏瘫的父亲生活了两年
我没认真为他洗过一次澡
也没让他用过一次淋浴

最后回到老家，在土屋中

父亲被兄嫂们脱得精光
由三人支撑着放入澡盆

被动坐在矮凳上，父亲
始终勾着头，不声不响
瘦弱得跟甘地一样

这是习俗中，必须的一洗
父亲不曾想到，七十三岁了
还能回到遥远的孩提

我用毛巾往父亲身上浇热水
然后擦洗头部，再轻轻
揩净面孔，然后再往下搓洗全身

我每浇一次水，都感觉
在浇向一株枯萎的庄稼
而每次搓洗，像搓着自己的伤疤

四十六年前，我小小的脑袋
枕着父亲臂弯，也是这么洗
洗得一家人欢天喜地

如果可以，愿和父亲交换身份

让他躺在我掌心，在众目注视下
洗出一声满地滚动的春雷

此刻，我即使泪如泉涌
也无法充当父亲的淋浴
他用冷却的病体，拒绝了我的手温

2014年3月4日夜23:25于龙泉驿

注：曾看电影《我的父亲甘地》，被称为现代印度国父的甘地，
晚年形象很精瘦，去世前的父亲跟他十分相像。

为父亲买药

父亲与世无争一辈子，最后却要
面对一个叫血压的敌人；他每天吃药
就是要让血压像池水一样风平浪静

父亲主要吃萝卜麻片和丹参片
开始每天三次，后来减成两次
父亲吞药时，常被呛得喘不过气

父亲没有想到，他的晚年
跟一堆药瓶生活在一起

成了小小药片的俘虏

病中的父亲并未丧失记忆
药快完了，总会提醒我买
萝卜麻片两瓶，丹参片三瓶

父亲相信，血压就是一只老虎
而每一粒药都是一个笼子
只要坚持吃，血压就会温顺得像猫咪

产药厂家，我并不固定
有时选广州白云山，有时选云南白药
偏瘫三年，文盲的父亲从不知道

父亲，只要能赎回你的生命
换取你的健康，我宁肯抠出眼珠
让你吞下，宁肯切掉指头让你咀嚼

可是无论如何，我也成不了
治疗你的药片，甚至成不了一滴水
滋润你一天一天干涸的心

最后，你无用的儿子只能祈祷
但他无法祈请上苍把你挽留，只能恳求

你慢慢离去，让可怜的儿子多一分孝敬

2014年3月5日凌晨6:30于龙泉驿

为父亲缝裤

父亲穿了六年的短裤又破了
口子在裆的位置
从原来的线路撕开了两寸

左手握针线，右手拿裤子
我在裆上一针一针缝着
尽量让针脚走得细密，走得整齐

短裤被洗得只剩下淡淡的蓝
我缝上的每一针新线
都醒目得刺眼

有两次，针尖扎进右手食指
渗出两滴细小的血
就像从心里伸出的两个红色线头

这是我第三次缝这条短裤

每次破了父亲都不答应换
他说缝好了就是新的

只要父亲愿意，我就这么
一直为他缝下去，直到把自己
缝成父亲最贴身的一块补丁

如果买回的针线不够结实
我可以把自己磨成一枚针
我可以把自己纺成一团线

有一次，我为父亲缝补时
他说母亲已离开我们四十年
总有一天会踏着我的针脚回来

如今，父亲也不在了
我还为他保存着一条缝补过的短裤
我相信，只要针脚在，父亲也走不远

2014年3月6日夜11:20于龙泉驿

注：因作者是左撇子，故针线握在左手。

为父亲洗衣

父亲的每一件衣服都上了年龄
我对父亲所有的衣服，都毕恭毕敬
父亲的衣服懂得父亲的心

为父亲洗衣服时，我格外仔细
洗衣粉不过量，水温恰如其分
我把每一件衣服都洗得高高兴兴

每次洗父亲的衣服，我的双手
都在与衣裳和裤子真诚交流
慢慢掌握知冷知热的本领

衣裳告诉的事，裤子不知道
裤子告诉的事，衣裳不知道
我的双手，成了父亲衣服的知音

衣服们都跟随了父亲多年
对父亲忠心耿耿，与父亲最亲近
对父亲的所有秘密都守口如瓶

有时太匆忙，倒入了开水
泡在盆里的衣服被烫得痛不欲生

我便觉得，这是儿子对父亲的残忍

当洗掉了衣服的纽扣，我及时缝上
不让父亲失去一只眼睛；而衣兜里
偶尔洗出的分币，就是父亲的叮咛

入冬那天，我双手用力过大
搓坏了父亲的内衣，它张开口
告诉我，父亲需要添置一条围巾

清洗干净后，把衣服晾在窗外
被风吹得一件一件地飞舞，这时
每一件衣服，都是一个康复的父亲

2014年3月11日至13日于龙泉驿

为父亲穿衣

父亲今天仍然坚持早起
天边没亮缝就要出门
父亲出门第一次不关心天气

窗后的竹叶剪着风声

房前的树叶抚着细雨
父亲出门第一次洗得这么干净

父亲习惯了旧衣服
补丁成为身体的一部分
而这次一下就穿上崭新的五件

父亲穿衣服从不让别人帮
偏瘫三年也是自己动手
唯独这回放心让儿女们来完成

父亲穿上这身衣服
就是天空穿上了茫茫夜色
就是大海穿上了深深静谧

父亲一生节俭
总有一些衣服舍不得穿
我就是父亲至今珍存的一件

父亲一生都在赶路
每一条赶过的路都是父亲的一条腿
无论走多远，也能原路返回

父亲第一次不提前告诉

我们都清楚父亲今天要赶路
我们都知道父亲要穿新衣服

爸啊，你走慢点，你腿脚不好
妈在那边已等你四十一年
不着急这会儿……

2014年3月16日于龙泉驿

为父亲剪指甲

漫长一生，父亲都在透支自己
唯有指甲不轻易支付出去
这是一笔留存在身上的本钱

指甲虽可日日见长，但父亲从不
任其长下去，总是适可而止
方便自己随时使用就行

先手指甲，后脚指甲
从右剪到左，又从左剪到右
我分明在修着一株老树的枝丫

每次剪手指甲，拇指和小指

都剪得极少，留得长长的
仿佛一把把锋利的刀尖

用手的拇指甲剥果皮，也掐穴位
用手的小指甲剔牙缝，也掏耳朵
几十年来，父亲就这么打理自己

父亲的所有脚趾都受过伤
留在趾上的每一片指甲
都是一枚小小的勋章

父亲十个脚趾，只剩八片指甲
两个光光的小趾，贴着地面
像两支写秃了的毛笔

每次剪脚指甲，最怕碰到
父亲的小趾头，老觉得自己
就是那条路上磕掉指甲的石块

记得小时候犯头痛，父亲总是
双手按在我的额角，用拇指甲
叮太阳穴，叮着叮着，痛就散了

2014年3月20日至22日于龙泉驿

为父亲配拐杖

父亲极不情愿用拐杖
刚偏瘫时，随便挑了一根竹竿来拄
他也许觉得竹竿不等于拐杖

每次从外面回来，一跨进屋
父亲就把竹竿扔在一边
似乎是拐杖拖累了他的左腿

在家里走动，父亲用手扶着墙壁
有时也扶门框和桌凳。他这么做
是要证明他的身体跟拐杖没有关系

当站在父亲身后，见他在前面
艰难移动着步子，便忍不住向前搀
父亲总是将我推开，说自己能行

从卧室到客厅，从客厅到厕所
父亲在白墙上留下一道道指印

157

这些痕迹是老人在一点一点涂抹着心

有几回，由于墙面太光
父亲的手刚触到墙就突然滑开了
他被一堵墙重重摔在地上

于是，我在峨眉山下，为父亲
买回一根资格的藤条拐杖
经我劝说，父亲走亲戚用过两次

在父亲眼里，墙始终比拐杖可靠
他相信，只要每天坚持顺着墙走
就可以走到他想去的任何地方

现在，父亲已离开整整一年
那根藤条拐杖仍倚墙而立
像个孤儿，似乎在等老人回来收养

2014年3月24日凌晨1:30于龙泉驿

为父亲唱歌

"想想你的背影，我感受了坚韧"

我坐在沙发上，对着电视大声唱
电视并没有打开，手里也没握话筒

"抚摸你的双手，我摸到了艰辛"
我站在房门前，对着卧室大声唱
卧室空空荡荡，床上仅有一条旧棉被

"不声不响你眼角上添了皱纹"
我扬起头，对着天花板大声唱
天花板表情凝重，掉下了几粒灰尘

"听听你的叮嘱，我接过了自信"
我面向一排衣柜，对着镜子大声唱
镜子折射出反光，浮动着模糊的影像

"凝望你的目光，我看到了爱心"
我隔着玻璃，对着庭院大声唱
庭院的银杏闭着眼，叶子们紧捂面孔

"再苦再累你脸上挂着温馨"
我推开落地窗，对着远山大声唱
远山顶上有乌云，乌云长出闪电的根

"我的老父亲，我最疼爱的人"

我伫立楼顶，对着落日大声唱

落日哭红了脸，突然把头埋进西山

"这辈子做你的儿女，我没有做够"

我仰望夜空，对着月亮大声唱

月亮这支麦克风，把歌声扩散成满天星星

"央求你呀下辈子，还做我的父亲"

我背靠墙壁，对着墙壁大声唱

墙壁挂着相框，挂着一颗静默的雷霆

2014年3月24日于龙泉驿

注：本诗所引用的内容，均摘自车行所作《父亲》歌词。

母　亲

我是你身上掉下的肉

以前叫杨固英

现在叫印子君

你永远二十六岁

我即将五十岁

这么多年了，无论在哪里

你都是藏在我心里的一小团雪

无论多么想念

我都无法把你搀扶起来

只能悄悄将你

一根一根白在我的头上

然后用岁月这把梳子

将它们梳得整整齐齐

当风吹过

每一根竖起的头发

都是你

眺望我童年的身影

2016年5月7日于龙泉驿

注：作者母亲杨固英26岁病逝。

闻余光中离世

好多人活着活着

就变成了枯树

但是你今天起身

我却看到，你活成了

年轻的银杏

风吹过来，什么也没带走

除了你肩上的灰尘

雪飘下来，什么也没覆盖

除了你满头的发丝

从今天开始，银杏的你

从一株变成九十株

站立天地间

继续提纯人世隐秘

年年，熔炼黄金

2017年12月14日 于龙泉驿

送别伍松乔先生

早晨六点起床

不是打太极

不是跑操场

只是去一趟东郊殡仪馆

站在小区外打滴滴

却没有接单的车辆

司机们挺忌讳

肯定觉得不吉祥

而告别仪式八点半

我必须抓紧时间

他们哪里知道

我是去送别一位码字工

他是用文字在建造天堂

乘地铁，挤公交，搭的士

八点三十六分赶到

我来到翠竹厅十五号

可松乔先生已去了他乡

站在门前的朋友告诉我

不要遗憾

你的老师启程前没化妆

他还是原来的模样

2017年11月6日于龙泉驿

注：伍松乔，著名散文家，原《四川日报》文体部主任。2017年
11月4日病逝，享年69岁。

缅　怀（组诗）

哭吴鸿

你有太多的朋友
我只是其中一位
而且肯定不是你最好的
也不是你随时随地牵挂的
但这些并不重要
我只是庆幸成为你的朋友
我只是记得
我今生使用的第一台电脑
是你送的
我只是记得
我今生校对的第一本书稿
是你给的
我只是记得
我今生购买的第一份社保
是你帮的
你有太多的朋友
我只是其中一位

但我一直觉得自己

不是你最好的

2013年4月的一个深夜

你正跟一帮兄弟在街边喝酒

突然给我打来电话

骂我为什么父亲死了不告诉你

你斥责我这种做法

是对友情的极端不信任！

2017年6月30日 于龙泉驿

吴鸿回来了

在这种时候，发布这种文字

连傻瓜都知道

这是一则假消息

吴鸿，我的兄长

在这种时候

渲染悲情是可耻的

但我们却需要这样的消息

我们都希望

把这样的消息当真

克罗地亚离中国很远

但再远的距离

我们都有足够的耐心等待

只要你不出现

我们会一直等下去

尽管

中国的吴鸿很多

四川的吴鸿很多

成都的吴鸿很多

但我们心里

只有你一个

2017年7月3日晨于龙泉驿

送吴鸿

现在是深夜一点

离你的追思会还有九个小时

九个小时就是九把锁

我们必须掏出心来做钥匙

去一把一把打开

现在是深夜一点

那些来送别你的朋友

已从四方八面汇聚成都

此刻，他们正挤在你赞美过的苍蝇馆子

醉得杯盘狼藉

现在是深夜一点

一轮圆月在夜空缓缓移动

皎洁得让人心痛

只有我知道那是骨灰盒

正装着满满的你

当清辉洒向地面

那是你又在审阅再版的图书

到了黎明，月亮消失前

必将飞出一只鸿雁

在大石西路上空

久久盘旋

2017年7月11日凌晨1时许于龙泉驿

注：吴鸿，著名出版家、散文家、美食家，原四川文艺出版社社长。2017年6月29日在克罗地亚考察途中因病离世，享年53岁。

示 儿

当停止了呼吸

别把我化成骨灰

要放在屋顶晾晒三年

缩小成一根牙签

再藏进纸盒

当你晚年的深夜

突然停电

摸索着把我找出来

划出一朵火花

照亮冬天

你就会明白

我是留下来的火柴

2017年11月17日于龙泉驿

去通济

我是空腹从成都出发的
这么做没别的意思
我只想让自己轻一点
乘坐的小车会跑得更快

到通济时
我已饿得不行了
看见地上堆放着
从外省运来的食品
真想啃两口
但最后
还是忍住了

地震过去十天
我才赶到这里
我已经对不起灾区
我不能让自己的肠胃
再对不起通济

2008年6月26日于龙泉驿

青花瓷

十年前，5月12日那天
一个叫汶川大地震的酒鬼疯了
趁午休时，来推我的楼房
来撞我的家门
大地，也跟着摇晃
整个世界都变成了酒鬼
走起路来像在跳舞
所幸，我的楼没有倒，门没有坏
但摔碎了我的青花瓷
我不能让传家宝就这样毁了
我不能让无法复制的亲情
就这样碎去
我捡起一块块碎片，小心粘连
每一块碎片都是我的昨天
并且变得锋利
我粘连碎片就是在复合我的家族
当碎片割破手指
我才看清祖辈的眼泪是血红的
十年过去，青花瓷

又扶着影子站起来
回到我怀里
我必须与时间相守
一起古老
让青花瓷的裂痕
渐渐变成花纹

2017年12月21日晨于龙泉驿

死 亡

当我们躺下，只有死亡还站着
他守在我们身边，哼着一支催眠曲

当我们睡去，只有死亡还醒着
他从不知道疲倦，始终大睁着眼睛

你即使身无分文，也别说一无所有
因为你还拥有死亡这笔财富

你即使形单影只，也别说孤苦伶仃
因为死亡还是你忠实的仆人

如果沉默，成为你不得不戴上的口罩
死亡将代替你变成一挺说话的机关枪

最后离开这个世界，是死亡在护送你
而哀乐一路追赶，一路哭得泪流满面

墓志铭

之一

好了，这个家伙总算安静下来
他从此就睡在这里
谁也别想把他叫醒
他的梦，从来没有这么美丽

之二

我来到这儿就是为了不再打扰你
伤痛的话都不用说了还是多关心自己
我从泥土中来肯定要回到泥土中去
这个时候我才敢说我和大地在一起

之三

别哭了亲人们，别哭了朋友们

我没有离开，只是化为了你们脚下的泥

别哭了亲人们，别哭了朋友们

都带走泪水吧，泪水可以模糊记忆

2003年10月17日至20日于成都

写给百年后的恋人

今晚的月光是黄铜的亮泽

你披挂着一生中

这唯一透明的衣裳

凭借想象，你无法复原

我破碎的面孔

像酒杯一样破碎的面孔

比梦更凌乱更缥缈的面孔

翻开那些粗糙的文字

和熄灭的激情

你能揣测出一个人的隐忍

却无法触摸到一颗滚烫过的心

现在我被黑夜紧裹，沉睡于

你脚下的泥土

当掘开深厚的土层

本可以得到一块骨头

作为百年前我留给你的礼品

但我魁梧的身躯

最后却无可选择地成为一捧灰烬

永远在大地流失

1996年2月10日凌晨于北京

目 瑟

我从唐朝来看你

——给PJ

我从唐朝来看你

其实我是从唐诗来看你

但唐诗太辽阔

我还没走出盛唐押韵的山水

天就黑了

我从唐朝来看你

其实我是从《唐诗三百首》来看你

但三百首唐诗也很遥远

我还没走完乐府长句

你就老了

我从唐朝来看你

其实我是搀扶杜甫来看你

诗圣瘦骨铮铮却迈步严守格律

我在半路上就被平平仄仄

跌得一瘸一拐

我从唐朝来看你

其实我是追随李白来看你

诗仙衣袂飘飘早已风流成性

我还未翻过蜀道

就掉进他深不见底的酒杯

我从唐朝来看你

其实我只想搭一趟

柳宗元老爷子的马车——

千山鸟飞绝

万径人踪灭

江边，只剩下

我和你两堆雪

2015年10月13日夜于龙泉驿

今夜，我带你去丹麦

只有今夜，才有去丹麦的火车
只有今夜我们可以一同前往
丹麦不是丹，也不是麦
丹麦就是丹麦
正如你就是你，我就是我
只有今夜你我才是我们
丹麦离我们太远了
中间隔着山，隔着海
最关键还隔着大片的雪
只有乘上今夜的火车
才能到达
今夜的火车是唯一的
今夜的火车一年只开一次
今夜的火车叫圣诞
而火车司机叫安徒生
我们去丹麦，不是为了看雪
而是想看看
埋在雪里的童话

是否已经发芽

我十指兰香

现在我才明白一棵草有多重要
尤其是，像我这种属羊的人
风吹草低的日子已经越走越远
今天只守着上帝借给我的阳台
独对着一个兰盆。心开不出花来
就让它抽叶好了，长长的叶片
是我在这钝化的世界唯一保留的锋刃
我承认骨子里藏着一股侠气
可站在这夜色茫茫的地方
又如何能仗剑远行
本以为护着一株兰草，就护住了
一片小小的宁静，可到了深夜两点
横走的偏街还在楼下朝我发噪音
至于是梅瓣荷瓣还是水仙瓣早都不在乎了
此时此刻，我只想把双手洗白，洗出十指兰香
然后再认真把自己腾一腾
彻彻底底腾空自己
最后，只悄悄安置一颗素心

2005年12月8日晨于成都昭忠祠街

185

妻　子

一直想送你一件礼物。一直在想
送什么最好。戒指，项链，衣服，化妆品
我都想过了，但都是我不愿送的，肯定也是
你不想要的。这些俗物，代表不了我
代表不了男人的一颗心，也代表不了
一个女人对一个男人深情而持久的期待
当你去了广东，去了中山郊外的那个
服装加工基地，我才渐渐明白，什么是你
真正需要的东西，我才知道自己，应该
送什么给你。每次接到我的电话，你总是
激动得说不出话，我仿佛听到你的泪水
在簌簌滚落。但你总是说你已经习惯了
不怕熬夜加班，你亲手制作的牛仔裤
都出了口。你说，你想念我和儿子的时候
就把中山想象成自己的家，把我和儿子
想象成去了外地。你说这么一想，心里就
好受些。知道吗？老婆，我对你绵绵的
思念，就是我送给你的最珍贵的礼品

2008年9月19日于龙泉驿

北京的朋友

离开北京很久了
有关北京的记忆
渐渐淡了
想起北京，是因为
我想起了北京的朋友
北京的朋友
是我有关北京的记忆中
唯一清晰的部分
是我大而化之的北京生活
仅能露出的一点点细节
因为他们，想起北京来
就不再遥远
即便忆起曾经穿过的雪季
也是暖和的
对于北京，我深知
自己不过是一粒
被风匆匆刮过的
微尘

我没能在北京留下印迹

却有幸留下众多

北京的朋友

北京每天都在变

但我绝不担心北京，会变得让我

认不得了，找不到北京的朋友了

北京的朋友

就是我在千变万化的北京

留下的永久性地址

无论什么时候，无论在哪里

我都可以

把自己准确无误

投寄

2003年9月20日于成都

好女人

是的，我可以告诉你
什么是好女人
打个比方吧，好女人就像
用好料子做成的衣服
不仅耐看，而且摸起来
手感特别好
一接触便知道
是地地道道的纯棉
对身体无害
夏天凉爽
冬天保暖
所不同的是
好衣服你即使不买
也可以随便捏一捏
好女人你即使很爱
却常常不允许碰

2004年2月16日于成都

疯　子

坐在街边，你捡起一个烟头
放进嘴里，嚼得津津有味
却一直奇怪，为何不冒烟

一个醉醺醺的男人走了过来
你朝着他，挤眉弄眼
这酒鬼站住了，大声叫你翠花

你似乎什么也没听见
急忙把又破又脏的衣服解开
掏出一对漆黑的乳房

你抬起头，对着男人，哭诉着：
幺儿，这些天，你躲到哪里去了
妈妈找得好苦啊，来，快来吃奶奶！

原 色

喊我的人
弯着腰站在田里
脸始终朝着庄稼
似乎在喊
一排排嫩绿的秧苗

喊我的人
牵着牛走在路上
眼一直望着家门
好像在喊
屋顶上那条白色的炊烟

喊我的人
背着柴草移动在夕阳下
额角映着一抹金黄
仿佛在喊
即将闪烁的星光

2001年3月14日深夜于成都

191

舞　者

夜空是一扇紧关着的
黑漆大门
月亮是这门上
唯一的锁孔

无袖可长的我
依旧善舞
借着锁孔和门缝漏出的
微弱光线
彻夜挥动手中的一柄长剑

一柄长剑：一把折不断的
寒光闪闪的钥匙

这亿万年的锁孔啊
忽大忽小
忽隐忽现
这千百年的钥匙啊
短短长长

长长短短

总要挥去一夜冷风斩尽一夜白霜

钥匙方能被锁孔接纳

然后小心旋转出

三遍悠长的鸡鸣

厚重的门慢慢启开

露出一间敞亮的大屋

一盏火红的台灯

迎面照来

晃得我睁不开眼⋯⋯

2001年2月17日于成都

早 晨

现在是六点半，世界安静得
只有鸟叫。一声又一声鸟叫
有一点潮湿，但很干净
使世界静得很认真

静得竖直了耳朵，静得天空
只剩下几粒星子，小心眨动着眼睛
既然过了六点半，那么
离七点已经不远。七点来临

鸟叫就会散去，像斗室的窗玻璃上
消失的一层薄薄水雾，像纠缠过我
又被风吹走的一场梦境

是的，七点已经来临。鸟叫已全部
腾出自己的位置，让给七点以后
七点以后它们不再关心的事情

楼顶出其不意跃起的太阳
涨红着脸蛋，就像我昨夜
没有睡好觉的妹妹，惺忪的目光
似乎在漫无目的地寻找
寻找一件丢失已久的裙衫

而渐行渐近的喧声

开始淹没世界

2001年10月29日晨于成都

一个人的情人节

这一天没有人给我打电话

这一天没有人给我发短信

这一天即使有人打电话我也不接

这一天即使有人发短信我也不回

这一天花时间打电话不如花时间打望

这一天花时间发短信不如花时间发呆

这一天不接电话是怕接不到想接的电话

这一天不回短信是担心回的信命短

这一天我发现酒精才是我寻找了多年的味精

这一天我和空酒瓶一直保持清醒

这一天只有酒杯醉倒了一片片碎在地上

这一天我的两只耳朵突然瞎了

这一天我的一双眼睛什么都能听见

这一天我的左手和右手老在窃窃私语

2004年2月14日一稿，2月21日二稿，于成都

我追赶自己

我很累，我喘着粗气
我一直在奔跑
奔跑在一条看不见的路上
我奔跑，是在追赶自己
自己在前面，跑得很快
我在后面，不停地追
有好几次，我都快把自己追上了
却被自己身后的影子绊倒了
等我从地上爬起来
自己又冲到很远了
我于是又拼命追赶
我已经很累，我不断喘着粗气
但为了追赶自己
我一直在不停地奔跑
奔跑在一条看不见的路上
有时，我真想停下来歇一歇
但担心我与自己的距离越拉越大
那样的话，我将被自己永远地甩在身后
甚至会渐渐看不见自己了

而看不见自己，我还有什么理由奔跑下去

2004年3月16日深夜于成都

我一言不发

生活是一片林子

生活是一片很大很大的林子

而林子大，鸟自然就多

鸟是天生的歌唱家

鸟是天生的演说家

人在生活这片林子里行走

尽可以保持沉默

因为你想唱的鸟都代你唱了

因为你想说的鸟都代你说了

而鸟的歌声肯定比人的歌声悠扬

而鸟的演说肯定比人的演说生动

更关键的是，鸟比人多了一双翅膀

鸟可取代人的思想在天上飞翔

因此穿过生活这片林子时

即使四周突然变得静悄悄

我也坚持一言不发

2004年3月27日于成都

雪

在我认识的女子中
雪太外向了
总是选择不该选择的日子
和场合出现
她的大方、浪漫和狂热
让我感到一阵阵寒冷
在这霓虹闪烁的深夜
被呼啸声包围着的我
因为雪的到来
春天刚刚愈合的伤口
又开始发炎

1999年12月25日晨于成都

小 黑

小黑是我儿时的朋友
小黑是乡村教师
站在讲台上
几乎分不出谁是黑板谁是小黑了
学生们做课堂笔记
常常把小黑口里的两排白牙
当成粉笔字

同小黑对坐
看他滴溜溜转动黑亮的眼珠
我便禁不住暗自猜想
小黑这身一成不变的黑
是不是跟小时候在一块玩
我老往他脸上抹淤泥有关

毕竟，在土生土长的乡村
小黑是小有影响的知识分子
选对象时，他的黑
并没使他降低标准

娶回的媳妇
偏长得白白净净

寒来暑往，乡村教师小黑
送走了一拨又一拨学生
做了若干年两个孩子的爸爸
终于迎来人生转机
他一成不变的黑
有了些微泛白倾向
——不是皮肤
　　而是头发

　　　　　　　　　　　1999年12月29日晨于成都

202

打开印子君（组诗）

遇见印子君

印子君是好人

江湖上都这么传

印子君是好人

我可没有这么说过

印子君是好人

这话谁会相信呢

印子君是好人

仿佛他们真的遇见了印子君

印子君是好人

他能好到哪儿去

没坏掉就不错了

印子君是好人

搞半天印子君是谁

他算什么东西

印子君是好人

我明白你的用意

当对一个人恨之入骨

你就使劲夸他

陷入印子君虚无主义

有时，一个印子君
跟一百个印子君坐在一起
他才更像印子君

有时，一个印子君
跟一千个印子君站在一起
他才不像印子君

一个印子君
从一万个印子君拔出
印子君就是一把匕首

一个印子君
从十万个印子君射出
印子君就是一颗子弹

如果一个印子君

在百万个印子君里消失

他已陷入印子君虚无主义

2017年2月26日于龙泉驿

算一算印子君这道题

两只手加两条腿，等于

印子君的体力

一双眼加一张嘴，等于

印子君的脑力

体力乘以脑力，等于

印子君的复合力

复合力减去青春，等于

印子君的皱纹

复合力减去梦想，等于

印子君的白发

复合力减去激情，等于

印子君的衰老

皱纹乘以白发乘以衰老

再除以伤感再除以悔恨再除以崩溃

约等于印子君的半个痴呆

2017年2月27日初稿，3月1日改定，于龙泉驿

请打开印子君这间屋

早就知道，印子君是一间茅屋
早就知道，印子君四壁都是土墙
早就知道，印子君年久失修
已是不折不扣的危房
印子君的门是柴门
印子君的锁是老式挂锁
打开印子君一点不费力
为什么每次来到门前
你从不掏出钥匙
只是用耳朵贴着门缝倾听
能听见什么呢
孤独越深越没有动静
只有打开了印子君
你才会明白其实在打开自己
只有跨进了印子君
你才会发现你是被关锁的人
赶快开门吧，别等到最后坍塌
只剩下印子君这片废墟

2017年2月27日于龙泉驿

印子君定律

印子君的一生就是一支铅笔
只要吐露心声就被刀子削去
只有保持沉默才能保全自己

2017年2月28日于龙泉驿

喂，帮我喊一声印子君

喂，是老子吗
帮我喊一声印子君
对，这个时候，他正在
煎炒一碟《道德经》

喂，是孔子吗
帮我喊一声印子君
对对，这个时候，他正在
清炖一锅《论语》

喂，是李白吗
帮我喊一声印子君
对对对，这个时候，他正在

凉拌一碗《静夜思》

喂，是苏轼吗
帮我喊一声印子君
对对对对，这个时候，他正在
启封一坛《江城子》

喂，是李龙炳吗
帮我喊一声印子君
对对对对对，这个时候
他正在偷运《一百吨大米》

真没想到，为了寻找
印子君这只蚂蚁
拨通古往今来，居然
每一头大象都不是忙音

2017年3月3日于龙泉驿

208

未 雪

昨夜，风一直在吵
在追，在围堵

动静很大，铁了心
要把夜晚捅破

吵闹中，夹杂着
时断时续的呜咽

我关上所有的门
也挡不住风声

后来，左脚抽筋
才知道天亮了

推开窗，并没看见
白茫茫一片

空无一人的工地

挖掘机僵成一个问号

而还在吹刮的风
是一群民工在讨薪

不下雪的天空
是扣压工资的老板

2016年1月23日于龙泉驿

发红包

同学群里，除夕之夜
就红包不断
每发一个，都被瞬间抢完
每一次，我都扑空
点开后总在提醒：手慢了
一如三十二年前，即将毕业的我
下了三天三夜的决心
正准备给暗恋的女生写求爱信
同桌却告诉我晚了一步
昨天刚被不声不响的王二娃拿下
在这个群，我知道
有十个老板，八个官员
而我，正奔波在讨薪路上
滞留在异乡的车站
今天，当着同学们的面
我必须摆一回阔
把自己一分为二装进红包
谢天谢地，刚一发出
无依无靠的我

就被两个女生抢走

2016年2月11日晨于富顺

好　茶

总是很少，所以
不允许讨价还价

总是很小，所以
不忍心打听年龄

只知道她的家很远
只知道她长在深山

她的苦骗过了舌头
她的涩藏在了齿间

由于无法选择命运
她从不恨带走她的人

当姐妹们在沸水中死去
只有她在杯底渐渐苏醒

2013年7月于龙泉驿

213

祭 茶

人走茶凉，不是茶的罪
是负心的茶杯背叛了水

水被出卖，泼了一地
无辜的茶叶都成了垃圾

老茶客坐在老式藤椅上
毫不在意茶呼叫的尖嗓

泼掉的水带着哭声
在阳光下一点点蒸腾

那些接踵而至的新茶
仍醉心于杯具的家

我是菊，在风中凋谢
请把我泡进漫漫岁月

2013年7月于龙泉驿

色 戒

如果不能接受年龄比你大
那么最好找一个
至少小你十岁的女人
这样，她既是老婆，又是小妾
一个人就能成就你的霸业
让你乐得只好提前鸣金收兵
从此，你的生活是一池静水
清澈得可以看见里面
游来游去的鱼虾
尤其那些小金鱼，刚对上暗号
就敢在光天化日下交尾
然后又各奔东西
它们用实践告诫人类
爱，可以做得干净利落
完全没有必要
拖泥带水

2015年12月27日夜于龙泉驿

九寨沟

每条沟都是我的寨子

每座寨子里

都藏着我的压寨夫人

在九寨沟，我拥有

九个女人

九颗珍珠

夏天，她们坚持清澈

冬天，她们坚持透明

我是幸福的土司，来到山外

练习花天酒地

却忘记了归期

而我的女人们

在日思夜盼中

为我奶大了

一天空

辽阔的蓝

2015年6月30日于龙泉驿

富　顺

当我说富顺，你想到刘光第

和李宗吾，是正常的

他们就是建在这座城里的庙

当我说富顺，你想到张新泉、伍松乔

和聂作平，也是正常的

他们就是立在这片土地上的塔

当我说富顺，你想到印子君

就不正常了，你该想沱江、青山岭和赵化

而他，只是一个琵琶镇的农民

每年学候鸟还乡两次

坐在西湖边冒充城里人

炎夏绿肥红瘦

他眼就花

深秋雨打残荷

他心就碎

2015年10月3日晨于富顺

山海关
——给GR

山是你的，无论看得见
还是看不见的山
山是一匹马，在等你骑

海是你的，无论装得下
还是装不下的海
海是一张床，在等你睡

只有关留给我
留给我，把山关在山外
留给我，把海关进海里

关口之上，有长长的铁轨
铁轨是海子坚硬的枕头
枕下的梦，一节一节运向远方

2014年11月6日夜于龙泉驿

苹果香

——给F·Y

通常的苹果，是紫的，青的
而你们满屋子的苹果都是绛红
就像墙壁上的挂钟，永远拍打着
哒哒哒的黑色的时间之掌
命运在苹果的反光里照镜子
用香气涂抹鼻梁上的粉刺
一个被现实的脚尖踢醒而摆脱
捉弄的人，将用纸盒包装的生态
批发心气、眼光与发亮的额头
驾驭四个轮子的岁月，越过风尘
穿透大地的迷雾和天空的陷阱
磨砺出一柄柄腰间脱鞘而啸的锋芒
而每一次回望都投来苹果的眼神
而每一种探寻都弥漫苹果的清香

2014年12月17日午后于龙泉驿

因为有你

30年太长了，被我分成了360个月
我用每个月奔向你
360个月太长了，被我分成了10950天
我用每一天奔向你
10950天太长了，被我缩短成16节车厢
我用每一节车厢奔向你
现在，我坐在第4节车厢D3座上
从成都直奔重庆
这个时候，我才知道
30年只有308公里
这个时候，我才明白
车厢是我的身体，轨道是我的肋骨
我的身体在我的骨头上不顾一切飞奔
而道路两旁，快速后退的山川河流
都是我一件一件脱掉的外衣
最后只剩下赤身裸体
天气预报说前方有风暴
我多么希望走出站口
你就是一道

劈向我的闪电

2017年7月14日于G8501次高铁上，从成都赶往重庆参加高

87级30年同学会

不要随便歌唱月亮

早在唐朝时，月亮遭遇李白
就已经很受伤
那个年代没有电灯
夜晚，喝酒喝得一把鼻涕
一把泪的李白，一看见月亮出来
就忍不住放声歌唱
好家伙，最后居然把月光
吟成了他家床前的一地霜
而到了今天，我们这些
连李白这个酒鬼都不如的
不肖子孙，中秋节还没到
就扯着破嗓子嚎叫
似乎月亮成了你们的私产
是天空专门打给你家的赏钱
其实呢，很多时候
即使到了中秋的深夜
就像此时此刻，我站在成都东郊
已经望疼了脖子
月亮压根儿就没出来

谁的面子也没给

所以不要随便歌唱月亮

实在闲得无聊

就多朗诵一下你老家的荒山岭

和茅草房

在我看来，月亮就是一个

瞎眼的灯笼

而在李白那里

无非就是一个破酒缸

2017年10月4日于龙泉驿

223

看一张合影

很奇怪，照片里没看见
我喜欢的那个人
很高兴，我讨厌的家伙
在照片里闭着眼睛
很纳闷，天空今天没有
放下身段来做陪衬
这个时候我其实心软了
希望一步跨进去
站在他们前面，举起相机
成为一个聚焦点
再高喊一声茄子
我不是想看微笑的假牙
而是想让那双闭着的单眼皮
也假笑出两滴泪

2017年10月15日于龙泉驿

敲　钟

他连续敲三下
每一次
都敲得很重

但发出的声音
却那么轻
我甚至没听见

敲了三下
敲出一只老鹰
站在他的肩头

我离他很远
他离我很近
我们隔河相望

钟挂在树上
树立在山顶

山，躲在云中

2015年6月10日于龙泉驿

送李白

每年我只做一件事
我必须花一年时间
攒够一笔路费
岁末了，我又要送李白去长安
千多岁的老翁，走路一颠一颠
早已无心作诗了
却花心不老
你不得不佩服
在灯红酒绿的京城
李白总是和那帮老哥们儿厮混
比如孟浩然，杜甫，王昌龄
三分醉意后就口无遮拦
忍不住打听彼此一年来的艳遇
特别是王昌龄讲的黄段子
让李白笑得满口喷酒
假牙纷纷掉落
直担心他会岔了气
久而久之，长安成了
李白的速效救心丸

一年吞服一粒，方能平复
他周期性反弹的静夜思毛病
每次都是大手大脚
花光我随身携带的金币
才恋恋不舍返回江油
陪在老头身边，人人都知道
我是李白的书童
他们总是亲切地喊我银杏

2015年11月22日晨于江油

大地苍茫（组诗）

我为什么这么爱你

因为你是我反复书写
又反复擦去
最后
还是要写掉偏旁的
错别字

这一天

沱江从门前缓缓流过
八十岁的你
坐在老式红木椅上
气定神闲
我一边为你梳理头上银色的光阴
一边为你抚平额角打皱的温情
共同回忆六十四年前的相遇
这时，走过一对翩翩少年

你把他们叫住，指着我说
这是印爷爷
就是小时候，我给你们讲的童话中
那个最可爱的老头

窗　外

窗外，吵得很厉害
都快两个小时了
还不停歇
这是天与地之间发生的事情
我不知道，这对老夫妻
究竟有什么疙瘩解不开
这么久了，还在争吵
吵得泪水滂沱
最后竟然雷鸣电闪
室内，我双手掩面
仿佛是我的错

饮水机

饮水机立在办公室进门处
水桶倒立在饮水机上
他们以这种方式相处
看上去很和谐
白色的饮水机就像一位医生
必须等水桶
把装在肚里的隐情吐出来
才能慢条斯理
开出一冷一热
两剂药方

以上2016年7月22日于龙泉驿

大地苍茫

大地苍茫
别的什么也不想
只要成为一段河床

成为一段河床
让所有的水睡进我怀里

231

流在我心上

2001年3月14日夜于成都

当我老了

当我老了，并不可怕
因为我深爱着的女人
在心里还是那么年轻
她不是灯盏
无法照亮我的晦暗
她也不是神灵
无法预知我的未来
她仅仅是一枚针
在悄无声息挑出
我人性中的刺

2017年11月16日于龙泉驿

落日（之一）

天空这把镜子

移动着我小小的脸

当站在黄昏的楼顶

遥望自己的晚年

一群灰鸽

突然飞进视线

围着我

欢快地盘旋

它们是上帝的

橡皮擦

擦去我面颊的皱纹

也擦掉了

我额角的老人斑

2015年1月6日夜，1月18日修定，于龙泉驿

落日（之二）

每当夕阳西下

我的泪水

总忍不住滚落

没有人知道

这是在一天天送别

另一个我

在乐山

不是谁都可以
把大渡河扶起来干杯
不是谁都可以
搂着赤条条的江酣睡

醒来之后
只有你的笑没有凋零
挥发之后
只有你的美没有散尽

教 育

有一间教室叫天地
天空是讲台

大地是课桌
太阳这位杰出的老师
一直在教育人类
这群不听话的孩子

白日梦

天空，好样的，今天
你终于没有板起面孔
很多时候，伤痛，最好藏在心底
不要像花儿一样四处开放
不要像花香一样四处飘散
因此，天空，你完全不必
有事没事，在那瞎起哄
趁现在心情不错，你赶快打开
太阳这只鸟笼，放出一群杜鹃
让她们站在树上，高声朗诵
我刚刚写成的《白日梦》
直到那片冷清的坟地
突然热闹起来，走出我

母亲父亲，祖母祖父，外婆外公……

2016年4月4日清明节于龙泉驿

看　见

孩子，我的孩子，别怕，别告诉我你看见了什么
那不断飘落的不是雪，是火苗，是白色的火苗
如果你感觉到冷，那不是冷，那是火焰变成了灰烬
如果你看见了狼，那不是狼，那是灵魂的眼睛泛着绿
　　光
孩子，我的孩子，别怕，别告诉我你看见了什么
那反复切割脸孔的不是风，是刀口，是呼啸的刀口
如果你感觉到疼，那不是疼，那是锋利在抵达一颗心
如果你看见了远方，那不是远方，那是梦背叛了梦想

2007年于成都

年 瑟

玻　璃

玻璃，今天我要你
在我掌下哭泣
破破碎碎地哭

玻璃，我要你哭你就真哭了
你哭得锋利无比
胜过了任何一口刀

玻璃，只有你的哭声
能扎进我的血肉
你在我肉里继续哭泣

玻璃，你哭时没有眼泪
你哭时我的手为你流泪
流殷红殷红的泪

玻璃，不骗你我的手的确没哭
这是世上一双
流了眼泪却不哭的手啊

玻璃，我现在揣着你的重创

正匆匆穿过大街

躲开的笑从身后席卷而来……

1995年3月29日于北京

钟

我是醒来的最后一只鸟
衔着人类的神话
寻找一口钟

守钟的人，百年前就消失了
从钟的古铜色躯体
挣扎出最后一批乌鸦
正在远方追赶撤离的白昼

寻找一口钟，我该飞向哪里
我衔着人类的神话
衔着母亲
越来越沉的一块心病
为了最后一次撞击
为了完成最后一次轰鸣
我放弃一切栖居之所

我是醒来的最后一只鸟
是揭不开的那则寓言

大地上，女人汲水的深井
是我寻找的那口
被历史的手翻转来，然后
陷入泥土的钟吗

深　夜

深夜，我开始
移动一只杯子
我的目光停止了奔跑
我用静下来的目光
将一只杯子
轻轻移动
我的指头，沉默不语

这只杯子，在深夜
在深夜的桌上，挨着一只
削过的苹果
这只杯子并非玻璃制品
却是透明的
苹果的伤暴露无遗

杯子装得慢慢的
移动时
目光异常小心
指头沉默不语

杯子里是什么
杯子是否易碎
真怕杯里的东西流出来
改变了夜晚的浓度
目光显然有些胆怯
移动时，像移着一颗深夜
一不小心就会停止跳动的心脏

1995年4月4日于北京

丰　收

庄稼倒在大地
落叶飞向天空
这是我骨骸的辉煌

歌声敛翅，伸出脚爪
站在粮食小小的心上

燃烧，一刻也不曾停止一次也不曾美丽
天空剩下最后一只瞳孔
我摘掉两片厚玻璃
退进光明的身后
遇见一群漆黑的孩子

孩子们：光与焰的部落
握着粮食和痛
汗水击碎泪水
农具藏入一双巨大的破鞋
头发和手臂扬向太阳的脸庞
只有沉重的头颅陷落于深厚的土层

然后被一年年迟到的月光掘出

丰收，大地绾成的死结
没有泄露地址就完成了逃遁

1995年3月28日 于北京

存在主义

第一个人敲门
放他进来
成了我门上的拉手
第二个人敲门
放他进来
成了我门上的插销
第三个人敲门
进不来了
在外面
急成一把挂锁
将我
反锁在屋子里

1997年1月25日夜于北京

命中的羊

命中的羊，啃青草般

啃着我

一茬茬感觉

我每声轻呼

都会

将它们善良的眼神

一一抬起来

并放出异样的光

投射在

我薄脆而敏感的心壁上

命中的羊

散开又聚集

像赶不走的雾霭

始终弥漫在

我空旷的内心

将孤独和寂寞

叫成绵绵不绝的声响

在生命的深谷

久久回荡

我内心的荒地
生活着这么一群羊
多么奇特
又多么幸福
仅以充满草汁的感觉
将它们喂养
仿佛简单的阳光
养活了一片
汹涌的海洋

1997年4月10日于北京

亚运村

没来时曾想
可能只是个宁静的村庄
来之后
却认定这是一个
热闹的球场

跟商城、娱乐中心、星级饭店
和拔地而起的楼群
没有关系

许多球汇聚于此
成为
一种景观
一种话题
他们
有的是被抛来的
有的是被拍来的
有的是自己将自己投来的
更多的

是被踢来的

我
属于足球
1994年10月3日
被南方
一脚踢到北方
刚好落在
亚运村这块阔地

一道
叫安慧里的门
防守很严
我轻易地
被挡在门外
至今
仍在一些脚上
传来传去

1998年2月6日傍晚于北京

地下室

一排排高耸的楼宇
就是大都市种植起来的
一棵棵参天大树

曾经，我们的祖先
从树上下到地面
被后人在历史教科书中
视为进化

如今
从地面攀缘到
这些越长越高的树上
却被看作进步

孰是孰非
远不是我分内的事
反正
我是上不了树的
况且古人说过

高处不胜寒
加之地震频繁
高处还不胜摇晃呢

过去痛感自己
是压在别人脚下的鞋垫
现在却是
蜗居在这些现代大树根部的
蚂蚁
我的窝距离地面足有六米
并且是租的

做蚂蚁也好
比较安全
在树下穿梭
为自己小小的生计奔忙
别人往往看不见也不太在意

只是，难为你们了
李白，苏轼，陆游，辛弃疾
里尔克，叶芝，泰戈尔，聂鲁达
生前
你们多数是在树上的
至少也是

体体面面走在地上

现在，你们辞世已久

本是天堂的常客

我却大为不恭

把你们一一请到

树的根部

地的深处

挤在我潮湿的窝中

和我一同就着那盏

二十五瓦的灯光煎熬

失礼了，先辈们

1998年2月7日于北京

早晨的麻雀

自湿漉漉的草丛或林梢飞起来
像一大把
撒向天空的石子

天空这张宽大的脸
弹性很好
还是被小小的麻雀
砸疼了

一颗血红的泪
从地平线
挤了出来
在天空这张气得铁青的面孔
挂了整整一天
才从西山
滴落下去

1998年9月15日夜于北京

水龙头

这是一张
十分健谈的嘴巴
总憋着一肚子话语
你悄悄走向跟前
拧它一下
就马上对你滔滔不绝
一时竟弄不清楚
它是在数落你
还是在感激你

这张嘴由于过分健谈
你总是搭不上腔
于是心甘情愿默默倾听
它哗哗啦啦的声音
清脆响亮，沁人心脾
使你很快
解除了干渴
受到了洗涤

这张嘴一讲起来

常常没完没了

甚至毫无顾忌

你不得不伸手

狠狠拧一下

提醒它住口

这嘴巴

也有无话可说的时候

这时任你使劲拧来拧去

就是不吭声

它间或吐出一点半滴

却引起

你更大的渴意

1999年4月13日夜于北京宛平城

乡下妹子

在乡下，总是
一年成熟一批
妹子

成熟的妹子，一律
高挑身材
羞涩地勾着头
露出一张
红扑扑的脸
成熟的妹子
长着修长的腿
裤管挽得高高的
喜欢光着脚丫
长久站在坡地和山口
张望

披一层薄雾
挂一身露水
这些乡下妹子

总爱窃窃私语

常被自己笑弯了腰

常为对方笑岔了气

她们拥有一个共同的名字

——高粱

而最后统统委身于

那个叫镰刀的

男人

2001年3月23日于成都

高粱秆

高粱能够出类拔萃
令众多庄稼
仰视
多亏了这高粱秆

高粱秆很高
高粱秆长这么高
就是为了
把一穗穗硕大的高粱
高高举起来
举过所有庄稼的头顶
使它们有更多机会
栉风沐雨
然后，长得像太阳一般血红
和耀眼

高粱秆笔直
高粱秆是高粱的腰
高粱有了这样笔直的腰

就不怕站不起来
就不怕挺不直身板
高粱有了这样笔直的腰
所以能够
专心专一做粮食
并且，做一种优秀的粮食

收割结束后
高粱很快运走了
剩下的高粱秆，在土里
纹丝不动，依旧株株挺立
它们仍支撑着
一个空旷高远的秋天

2001年3月23日至24日于成都

261

苞谷秆

这是一群最朴实的母亲
站在故乡的坡地上
她们都望着远处
那是儿女们离去的地方

现在，她们已变得怀抱空空
只剩下一副清瘦的模样
她们被困在寂寞里
却在幸福回忆孩子们的成长

秋风吹过，一次次撩起
她们穿得很旧很旧的衣裳
而不经意露出的空空怀抱
就是等待儿女们停泊的小港

无论你走了千里万里
只要回过头去喊一声娘
故乡的坡地上，立刻扬起

一张张惊喜而慈祥的面庞

2003年4月2日夜于成都

盲人按摩

所谓人
就是一部旋转的机器

所谓累了
就是身体的零件出了问题

所谓按摩
就是修理

所谓盲人
就是自己眼睛瞎掉了
却对别人的部位和穴位
了然于心

所谓盲人按摩
就是那个眼睛贼亮的家伙
去接受一双失明的手
把自身的病灶和疼痛指认

2004年1月3日于成都

酒　神

就像一个单身女人，活了一辈子
却不知道自己是处女
酒神爱酒一生，并不知道自己是神
只看见酒杯中自己若有若无的倒影
一滴酒在酒神心里是一坛酒
一坛酒在酒神心里是一库酒
酒神饮酒，从不以醉为目的，所以他
从不知道自己有多大的酒量

酒神练就了一身出类拔萃的酒性
在酒里泅渡，是酒神毕生的事业
酒神一见到酒就像见到心肝宝贝
所以酒神从不害怕在酒里翻船
酒神从没想过征服汪洋大海
酒神只专注于从一滴酒泅渡到另一滴酒
酒神只专注于从一坛酒泅渡到另一坛酒
酒神只专注于从一库酒泅渡到另一库酒

酒神喜欢悬垂一挂长长的胡须

但他不喜欢黑胡须，也不喜欢白胡须
只喜欢一挂花白花白的胡须
花白不是全花，花白不是全白
这个状态恰到好处，这就是酒的脾性
其实这些纯属我们对酒神的臆想
酒神从不神秘莫测，自始至终
他都坐在我们中间，就是一个白面书生

酒神从一滴酒可以计算出多少粒粮食
酒神从一坛酒可以计算出多少筐粮食
酒神从一库酒可以计算出多少亩粮食
在酒神心里，每一滴酒都是粮食的私生子
所以酒神恋酒爱酒疼酒，绝不拼酒烂酒糟蹋酒
只有酒神知道一滴酒不等于一滴酒
只有酒神知道一坛酒不等于一坛酒
只有酒神知道一库酒不等于一库酒

酒神带着一滴酒赶路，也会觉得自己
是这个世界最富有者。他相信
只有拥有一滴酒，才能拥有一坛酒
只有拥有一坛酒，才能拥有一库酒
只有拥有一库酒，才能拥有天下的酒
一滴酒就是一面闪光的镜子
一滴酒就是一把锋利的刀子

只有变得一无所有才能真正懂得富有

我们看见的都是酒色财气
酒神看见的都是世道人心
为每一滴酒验明正身，让每一滴酒有名有姓
酒神熟悉每一滴酒就像熟悉自己的掌纹
无论什么时候，无论在哪里
酒神喊一声红花，每一滴酒都在答应
酒神喊一声青花，每一坛酒都在答应
酒神喊一声青云，每一库酒都在答应

如果回到古代，酒神既不想当孔子
也不想当李白和苏轼。孔子述而不作
酒神担心高谈阔论会变成神经衰弱症
而李白和苏轼纵酒使性，是两口
众所皆知的深井，酒神坚决不会跳进去
他只想当一回那位铁匠出身的嵇康
因为打完铁后，也打出了一身硬骨头
还有《广陵散》这颗茴香豆，亲手炒熟，很下酒

一滴酒掉在一滴酒上
酒神听见了低低的呢喃
一滴酒掉在一坛酒上
酒神听见了轻轻的回声

一滴酒掉在一库酒上
酒神听见了隐隐的轰鸣
当我们把一滴酒看作一滴水
酒神却把一滴酒看作一条命

为了捍卫一滴酒的尊严，敢于
与一坛酒作对的，只有酒神
为了捍卫一坛酒的尊严，敢于
与一库酒作对的，只有酒神
为了捍卫一库酒的尊严，敢于
放弃一切的，也只有酒神
我们都以为酒含在酒神眼里
其实酒一直悬在酒神头上

酒神知道，每一滴酒，什么时候睡去
又什么时候醒来。为了让每一滴酒
都做个好梦，酒神必须
与每一滴酒走进洞房
酒神必须成为每一滴酒的新郎
每一滴酒必须成为酒神的新娘
他们的洞房有时叫天宝洞
他们的洞房有时叫地宝洞

一滴酒里飞出了一只鸟儿

但只有酒神才能看见

一坛酒里升起了一朵祥云

但只有酒神才能看见

一库酒里开出了一列火车

但只有酒神才能看见

酒神就是酒神，离开了酒，也是神

酒鬼就是酒鬼，离开了酒，还是鬼

2016年7月2日于龙泉驿

注：红花、青花、青云，即红花郎、青花郎、青云郎，为中国名
酒；天宝洞和地宝洞，均为储酒的天然溶洞。

邛海十八屏（组诗）

邛海，位于四川省凉山彝族自治州西昌市，为淡水湖，形成至今约180万年。系国家级风景名胜区。已于2016年、2017年举办两届"西昌邛海'丝绸之路'国际诗歌周"，吸引了世界数十个国家的代表性诗人汇聚在钟灵毓秀的邛海之滨。

柳树是邛海放下的门帘

阳光太透明了，这是一个
奢侈的中午。天空骑着白云
飞翔，把蓝色的舱门，全部
打开，任阳光从高高的头顶
一筐一筐倒下来，遍地都是
金子在滚动，已顾不上弯腰
去捡。我今天是来赴十五年前
与邛海的约定。昔日的廊柱
风化了指印，白色的栏杆
是一封封裹成筒没寄走的书信

当站在柳树下，我伸手撩开
长长的柳丝，看见邛海抬起头
羞红了脸，才知道岸边的
每一棵柳树，都是邛海
放下的门帘。我轻轻一迈步
就跨过了秋风这道门槛

2017年11月7日于龙泉驿

邛海是月亮的一个澡盆

站在泸山顶上望下去
邛海就是一个巨大的澡盆
盆里的水，来自天上，从银河
直接注入，装得满满当当
这个澡盆是为月亮准备的
月亮的一生，只在这里洗浴
傍晚来临，月亮款步翻过
远山的垭口，悄悄走进海里
铺满月华的水面，总会漾起
一条又一条细浪，这是月亮
洗掉的皱纹；而水中闪烁的星星
是月亮搓下的一颗颗雀斑

蛙鼓敲击，西昌的夜空，愈发
辽阔，高悬一张又圆又大的脸
微笑皎洁得没有瑕疵，随风飘洒
铺满街道、广场和虚掩的梦境

2018年5月23日凌晨2:50于龙泉驿

注：泸山位于邛海畔，系邛海景区的一部分；西昌，因月亮大、
月色明净，故有月城之称。

坐在飞机上寻找邛海

从成都到西昌，这已经是
第三次了。前两次坐的火车
因隧道太多，我觉得自己
是一条赶路的蚯蚓。这次
乘的飞机，太阳喷着金色的
花粉，感觉成了一只蜜蜂
当穿行在大凉山上空，我不时
从舷窗外的云朵下，寻找邛海的
方位，云层的缝隙间，露出
一座座青色的山顶，就像一些
长年打坐的僧人，对头上的来去
从不在意。当飞机一个斜刺

俯冲下去，像一把熨斗，未等我
找到目标，已把西昌大地卷起的
皱褶熨平。走出机场大厅，有些
晕眩的我，仿若一只醉虾

2018年7月3日于龙泉驿

注：醉虾，是西昌一道特色名食。

邛海为我卸掉面具

霓虹灯下，海浪一趟一趟
赶过来，它们不是来朝拜
是给蹲在岸边的岩石卸妆
一些个头小的，很快就变得
素面素颜，但太大的岩石
卸一次妆，就相当于蜕一层皮
那么多海浪，匆匆地来，又
匆匆地去，正在为我跟前那尊
弥勒佛一样的岩石盥洗和更衣
好让它尽快入定，与邛海
融为一体。但很多时候
那些海浪却溅到我身上
不仅打湿了我的外套

还打湿了我的脸孔和视线
其实，在邛海眼里，我也是
一块石头，需要卸掉面具

邛海里游动着彝文

邛海平躺在大凉山心窝，摊开在
西昌宽大的手上。在我眼里，邛海
是《勒俄特依》，也是《玛姆特依》
这两部彝族史诗，悬在西昌上空的月亮
读得最透彻；照耀凉山大地的太阳，译得
最传神。邛海里游动的鱼虾，就是
生生不息的彝文，千百年来，谁也
打捞不尽，滋养一代又一代子孙
我行走在邛海边，每当弯腰捧起
海水，再从指缝漏下，耳旁就会
响起古老而苍凉的哗哗声。声音里
有我的父亲在深夜吟诵，直到
每一盏油灯在替代他失明；声音里
有我的母亲在早晨朗读，直到
每一颗星辰在替代她消隐。而我

业已生锈的记忆，经受着反复打磨

2018年7月4日于龙泉驿

我把邛海反穿在身上

当我从邛海出发，坐上中巴车
在赶往昭觉的途中，看见的云雾
都是一条条乳白色的头巾，包裹着
大山的额头。树木是长在山上的头发
有些散乱，有些参差不齐。盘山公路
在秋雨中湿淋淋的，这是一条脐带
把我一寸寸收回，回到母亲的掌纹
疾驰的车辆，上下坡时，给深陷
座位的我带来晃荡，我感觉自己成了
波纹，在一圈一圈漾开。而车窗外
起伏的山峦，是浪涛在汹涌，一直
向前推搡着我。直到在昭觉的篝火之夜
随达体舞疯狂旋转，我发现邛海已被我
反穿在身上，成为一件贴身的胎衣
而不苟言笑的父亲，站在人群中央
站成火塘边的木柴，呼呼蹿动着烈焰

2018年7月7日于龙泉驿

注：昭觉，为凉山彝族自治州的一个县。

今生需要一场邛海恋情

接受邛海，就必须接受邛海的
晚风；接受晚风，就必须让邛海
为你梳头，哪怕枯萎最后一根头发
接受邛海，就必须接受邛海的
芦苇；接受芦苇，就必须让邛海
为你白头，哪怕朝如青丝暮成雪
接受邛海，就必须接受邛海的
灯火；接受灯火，就必须让邛海
为你失眠，哪怕黄昏辗转成黎明
接受邛海，就必须接受邛海的
扁舟；接受扁舟，就必须让邛海
为你摆渡，哪怕此岸望不到彼岸
接受邛海，就必须接受邛海的
落日；接受落日，就必须让邛海
为你祷告，哪怕是一场无望的
旷世恋情，也没有虚度今世今生

2018年7月11日于龙泉驿

邛海在为我呼吸

到了邛海，遇见的每一个人
都不再陌生，他们成群结队
走进我，和我亲密无间
住在一起，共同使用我的
身体。那么多人走进来，但
并不拥挤，都能在我体内
找到自己的房间。他们从不关
前门，也从不开后门
只担心，室内的光线
堆积太多，会刺伤眼睛
他们交谈时，无论说汉语，彝语
还是说英语，俄语，西班牙语
我都能心领神会，没有
解不开的结，也不会碰到
硬伤。因为他们的到来
整个邛海都在为我呼吸

2018年7月12日于龙泉驿

早晨邛海是站立的

住在邛海宾馆，已习惯早起
天刚微明，我就来到岸边
面对万顷碧波，我也会澎湃
总忍不住呼喊。叫第一声邛海
每一棵柳树都在答应；叫
第二声邛海，每一棵铁树都在
答应；叫第三声邛海，每一棵棕榈
都在答应；叫第四声邛海，每一棵
白杨，每一棵女贞，都在答应
叫第五声邛海，每一棵银桦，每一棵
侧柏，每一棵刺桐，都在答应；叫
第六声邛海，每一棵榕树，每一棵
黄葛树，每一棵芙蓉，每一棵天竺桂
每一棵蓝花楹，都在此起彼伏答应
没有人知道，每一个早晨，邛海
都会起身，站在岸上扭动腰肢

2018年7月13日 于龙泉驿

邛海在泸山顶上飞翔

我常看见白鹭，从邛海里飞起来
一直飞到泸山顶上；我常看见苍鹭
从邛海里飞起来，一直飞到
泸山顶上；我常看见池鹭，从
邛海里飞起来，一直飞到泸山
顶上；我常看见凫雁，从邛海里
飞起来，一直飞到泸山顶上
我常看见天鹅，从邛海里飞起来
一直飞到泸山顶上。一年四季
邛海都在长出翅膀；一年四季
邛海都在往泸山顶上飞，一只一只
一群一群，从山脚，一直飞到山腰
再徐徐飞到山顶。白鹭是泸山的
头巾，苍鹭是泸山的发剪，池鹭
是泸山的剃须刀，凫雁是泸山的
梳子，而天鹅，是泸山的镜子

2018年7月14日于龙泉驿

279

用邛海之水谱写古老谣曲

180万年的邛海，每一滴水
都是古老的，每一滴水里都有
古老的故事。故事里的英雄、平民
和坏蛋，层出不穷，古老得
没有修饰。180万年，邛海的
每一滴水都是汗，每一滴水
都是泪，每一滴水都是血
邛海花去180万年，不是在修炼
成精，只是做一个最原始的初民
每个人看见他，都能找到自己
谁把手伸进邛海，能摸到
大把骨头，谁就是邛海的知音
面对这180万年的回报，我没有
羞愧，只有罪责。余生
我只能用邛海之水谱写一首
古老谣曲，唱出心底悠久的痛

2018年7月14日于龙泉驿

280

邛海四周的山都是狮子

满以为走到月亮湾，就能看到
邛海的月亮，最后只看到月亮桥
海月亭，花月亭，步月台，即使
登上望月楼，也不知道月亮
究竟藏在哪里。我开始怀疑睡莲
就是月亮浮在水面的另一张脸
站在观海楼上望出去，我发现
围在邛海四周的山，是一头头狮子
每时每刻都盯着海面，哪怕一只
娇小的鱼鹰，从浪尖划过；哪怕
一只细腿的鹭鸶，在浅滩照镜子
也逃不过它们警惕的眼睛
唯有这些庞然大物，兽中之王
才配得上，与邛海相守180万年
暴雨之夜，当闪电撕裂天幕
我听见狮子在黑暗中咆哮

2018年7月14日于龙泉驿

我绕邛海骑行一周

不要驾车，也不要坐观光车
只选择单车，绕邛海骑行
我骑行只喜欢夜晚，从月亮湾出发
绕行一周，又回到起点。三十五公里路程
被我分成七段，每一段都是命数
用五公里，去兑换夜色。第一段
刚骑行一半，我就感觉月亮
坐在我后车架上，长发飘飘
把脸轻轻贴着我的后背，有一丝凉意
骑到第二段，又一个月亮
坐进我前面的车筐，还不时回头
看得我怪不好意思，这五公里
跑得像飞镖，风景都是多余
以后，每骑一段，都会搭上一个月亮
骑行一周，我共带回七个月亮
住进月亮湾，仿佛我已妻妾成群

2018年7月14日于龙泉驿

邛海是我抱在怀里的竖琴

在西昌，再大的月亮，也不会
从天空掉下来，因此走在大街上
我想唱就唱，想吼就吼，没有什么
值得担心。当唱累了吼哑了，月亮
就是一块悬着的烧饼，可用来充饥
在西昌，再大的月亮，也可以
藏在邛海心里，虽然这是一枚
巨额的银币，秋风即使把邛海
掏空，月亮也没有成为最后的交易
背靠泸山，向左右延伸的道路
是我张开的长长手臂，把整个邛海
抱在怀里，但已找不出一根指头
拨动这古老的竖琴。粼粼波纹
是弦在起伏，不断扩散韵律的形状
透过流萤与渔火，我听见海面
皎洁的月色，正逸出天籁之音

2018年7月16日至17日于龙泉驿

在邛海倾听阿姆斯特丹

我没有去过荷兰，但我却知道
那片土地上流淌着阿姆斯特丹
邛海在中国西南，在大凉山腹地
离西欧的阿姆斯特丹实在太远了
因为诗歌，这两大水域无比晶莹
成为兄妹。世界各地的诗人
来过邛海，也去过阿姆斯特丹
他们是最感性的信使，每年都
传递承载的诗意，心灵的问询
让两颗明珠彼此璀璨，相互辉映
我走出邛海边的西昌学院，看见
一轮圆月冉冉升起，开始相信
遥远的阿姆斯特丹和眼前的邛海
能够在这面镜子里不期而遇
晚风中，蟋蟀隐约拉响小提琴
那是阿姆斯特丹开始后半场吟咏

2018年7月27日至28日于龙泉驿

注：阿姆斯特丹诗歌节，享誉国际诗坛。

没读懂邛海就不认识彝人

走进大凉山，我第一次看见邛海
就坚信，它珍藏着彝人所有秘密
如果你没有到过大凉山，就不配
谈论邛海；如果你没有到过邛海
就不配谈论彝人。邛海太博大了
用180万年的胸怀，容下了彝人
曲折而漫长的记忆。我们要认识
彝人，只有从邛海开始，但不能
坐汽艇、划舢板、荡扁舟，这些
都是跑马观花。认识彝人，不能
一片一片、一汪一汪地读，不能
一瓢一瓢、一捧一捧地读，只能
一滴一滴地读。当从微甜淡水里
读出了苦涩，当从清澈透明读到
海底深处的红棕色泥层，你已经
真正触摸到彝人涟漪般颤动的心

2018年7月28日于龙泉驿

邛海从来就没抛弃你

只有你感到饥饿时，才会觉得
邛海就是你的粮食；只有你感到
寒冷时，才会觉得，邛海就是
你的棉衣。只有你感到失落时
才会觉得，邛海就是你可依靠的
兄弟；只有你感到痛苦时，才会
觉得，邛海就是你可依恋的爱人
只有你感到孤独时，才会觉得
邛海就是陪伴你的父亲和母亲
只有你感到贫穷时，才会觉得
邛海就是一笔留给你的财富
当成为海边的一棵草，你才能
懂得谦卑；当成为海边的一朵花
你才能领悟单纯；当成为海边的
一株树，你才能学会沉稳。是的
邛海始终在接纳你，从不抛弃

2018年7月28日于龙泉驿

286

我在期待邛海回首

秋雨中，坐上去机场的专车
沿泸山脚下的公路，缓缓
驶离邛海。我透过半开的车窗
穿过雨雾，反复打量海面和海边
海面一艘汽艇在疾驰，水往两边
翻卷，犁出一条长长的沟壑，仿佛
正拉开邛海外套的拉链，让我
再看一眼那颗晶莹剔透的心脏
海边的树木，每一棵都朝我转身
目送的眼神已飘成细细的雨丝
一次次刮在我脸上，感觉唯有
真正的别离，叫湿润，也叫微冷
既是一条线，也是一枚针，留给
相思的日子刺绣伤感、凄清和梦呓
烟霭中，我行将消失，关上车窗
卡莎莎，邛海！兹莫格尼，邛海！

2018年7月28日于龙泉驿

注：卡莎莎，彝语，谢谢；兹莫格尼，彝语，吉祥如意。

诗歌，不能远离真实

牛　放

　　新诗写到今天，多少有些尴尬。尴尬的不仅仅是新诗在大多数国人面前的地位，在新诗人和新诗爱好者圈内也同样是尴尬的。如果我们只是一味地埋怨国人不懂新诗，不理解新诗，那未免失之公允。回望新诗走过的一百年路程，从新文化运动开始，曾经那么多的诗人，那么多的国人热爱诗歌，甚至登峰造极到举国皆爱新诗，举国皆迷新诗的情形，而且持续并不算短，这种文化现象是有目共睹，不可否认的。那么，为何现在就不懂了？就不爱了？我们还是应该反思反思，在自己身上找找原因，这样或可更为客观些。我以为诗歌见不得虚假，真情、真诚方可使诗歌显露出魅力。当下许多诗人浮躁，包括写作多年的一些资深诗人。他们放弃了真情，放弃了真诚，他们既不关心真实的生活，也不关心生活中的民众，说得更直白一些就是不关心读者，他们只关心自己，关心自己的小情绪、小情调，故而最终也被读者所抛弃。这无疑是一种巨大的悲哀。

在新诗被国人高度赞美和认同的时代，有一种公认的通论：愤怒出诗人！诗歌是青春的产物，也就是说，好的诗歌是需要青春勃发那样饱满的情绪，需要大喜大悲澎湃的激情，这个激情无论是爱还是恨都必须是澎湃的、激烈的。温吞水一般的情绪不是诗人的情绪。在这种理论基础上，我们读到了许多好的优秀的新诗作品，也成就了一批好的优秀的新诗人，他们已经像李白、杜甫、苏轼一样成为中国文学的传世诗人。

诗人印子君就是一个具有真情、真诚，并具有澎湃激情的真诗人。

我知道印子君的大名先于知道他这个人，知道他的大名是因为喜欢他的诗歌，因读诗而知其名。之后我们有了见面的机缘，一交往就是十多年，一次比一次印象深刻。简单评说便是：人品好，诗品好。在当今中国，当得起这六个字的人并不多，所以这六个字是有些斤两的。

印子君出生在四川富顺农村，家境极为穷困，五岁丧母，由年迈的祖母和忠厚朴实的父亲拉扯大。他自小就随大人参与田间劳作，耕种犁耙挑抬背拉样样在行，因而养成了吃苦耐劳、任劳任怨、不畏困厄的品性。他的故乡富顺自古有"才子之乡"美誉，历代科举中高中进士和举人的人数比例，以及现当代四川和中国文坛的众多文化人成了毫无悬念的佐证，在蜀中可谓尽人皆知。印子君生长在这样的环境里，也潜移默化地孕育了他立志成为诗人的梦想。他的所有生活行为都是朝着这个方向，在这条艰辛的路上脚踏实地，恪守文如其人的信条，秉承传统文人的君子风范，绝不搞歪门邪道走捷径，始终以作品说话。

我读到印子君的第一本诗集是2002年秋天，这本叫《灵魂空间》的诗集被列入"当代诗丛"，由《诗刊》编委、著名诗评家朱先树先生主编，1999年1月在中国文联出版社出版。读《灵魂空间》时我还在《草地》文学双月刊任主编，说老实话，那时每天审读编辑众多的投稿已经令人头昏脑涨，但许多诗友送的作品集仍要挤出时间拜读。我读《灵魂空间》前也没有上心，觉得不过就是一本普通的诗集罢了。当我读过几首后，我的态度发生了大转变，我被他的才华，他的奔涌的激情，他的新颖贴切的诗歌意象，生动美妙的诗歌语言所深深打动。于是一口气读完了这本集子，并且将它作为我那段时间的枕边书。

关于诗歌，有些人写了许多年，也在报纸杂志上发表了不少，甚至可以说在文学界和读者中都混成了"著名"，其实他们并没有多少真东西，虚妄的自信使自己糊涂，也让读者蒙受了欺骗。这些人常常是说起来头头是道，写起来指手画脚，研讨起来装神弄鬼，以此掩盖平庸、贫乏，甚至有人写了一辈子都没有找到感觉。而印子君阅历丰富，情感充沛，他的创作是有感而发，有话想说，不吐不快，他心里蕴藏的感情是真感情，所以具有撼人心魄的力量。

作诗，技术方面的学习不是太难的事，而有没有值得表达的东西则是至关重要的。如果肚子里没有东西，无论你有多高的技巧，都不能写出好东西来。所以，阅历和见识是非常重要的，它可以修炼出高境界。

现代写作，很多人不好好说话，故作姿态，装神弄鬼，令人生厌。我们要诚恳地对待读者、对待诗歌。现在都说写诗的人比读诗的人多，不能说这话没有道理，至少反映了眼下诗坛的一种现象。这话有两种理解：一是说明读诗的人都想当诗人；二是现在的人都不读现代人写的诗。前者无可非议，想做诗人是每个人的自由，且不是坏事，但如果没有人读诗，就有点儿问题了。诗歌是人类共有的精神财富，只要人类还需要精神，还需要美好，还拥有文明，就应该需要诗歌。值得我们思考的是人们为什么不想读我们当下的诗歌？我以为原因有三：一、抒假情。无病装痛，不真诚，欺骗读者，把读者当作什么都不懂的白痴，其实自己是个瓜娃子。二、诗人只关心自己，不关心民众。诗人不关心民众，抛弃了民众，醉心于文字游戏，必然被民众所抛弃。三、装神弄鬼，不好好说话。诗歌虽然是阳春白雪，不是哪个都可以读到其中属于诗的东西，但许多诗人没有什么生活积累，仅靠才华在语言中驰骋玩弄文字，掩饰自己缺失的生活与思想。读者是没有那样的耐心来关心你的

"空手道"的。如此种种，让众多的诗歌读者对现代诗歌敬而远之了，连那些好诗歌也一起跟着倒霉，甚至波及到诗人人格。

诗歌、诗人落难到了这个份上，诗人们是有责任的，我们真应该摸摸自己的胸膛问问良心，我干了对不起诗歌的事情没有？当然，诗歌本身依然是崇高的，诗歌事业依然是光荣的，这些现象丝毫不会也不可能动摇诗歌在人类精神领域的伟大和不可或缺。

印子君的真诚、厚道和义气，或许正是契合了诗歌的个性，他的诗就是这个时期的一种觉醒，也是一种道德的坚守，《身体里的故乡》或可掸一掸那些弥漫的尘埃。这部诗集，跨越二十年时空，是诗人印子君二十年诗歌作品精华的集结，也是他二十年"成都生活"的可喜收获，其作品的深度、广度和厚度均大大提升，早已今非昔比。

行文至此，突然收到印子君传来的刚刚完成的大型组诗《邛海十八屏》。子君告诉我，他这组诗作，是去年10月份参加"西昌邛海'丝绸之路'国际诗歌周"后计划创作的作品，因诸事纷扰，一直延宕至今才完成。子君说，他最近集中精力，把在心里酝酿已久的"邛海诗"以"加速度"催生，正是想作为即将出版的《身体里的故乡》的"压轴"之作。这组《邛海十八屏》，如今呈现出来，洋洋大观，气象独具，气势逼人，的确没有辜负我们诗人的一番苦心和才情，其品质和分量，

"压轴"乃当之无愧。我敢断言，也定会得到时间验证，《邛海十八屏》当是诗人印子君的最新代表作，也将成为他创作中的一个里程碑。

最后，以诗歌的名义，我在此真诚祝福诗人印子君！

2018年7月盛夏写于成都东郊龙城一号随园书斋

（牛放：著名诗人、作家，曾获中国西部散文奖、冰心散文奖和四川文学奖等）